Richard Bieling

Friedrich Handek, 1797-1838

Ein Zeuge des Herrn unter Israel

Richard Bieling

Friedrich Handek, 1797-1838
Ein Zeuge des Herrn unter Israel

ISBN/EAN: 9783743668409

Hergestellt in Europa, USA, Kanada, Australien, Japan

Cover: Foto ©Raphael Reischuk / pixelio.de

Weitere Bücher finden Sie auf **www.hansebooks.com**

Institutum Judaicum in Berlin. Nr.

Friedrich Händeß.

1797—1838.

Ein Zeuge des Herrn unter Israel.

Zumeist nach seinen Tagebüchern und Briefen

geschildert

von

Richard Bieling,

Missions-Geistlicher in Berlin.

Berlin SW.

1894.

Verlag der Evangelischen Vereins-Buchhandlung.

Friedrich Händeß.

Unstreitig viel Segen und Gnade von Gott dem Herrn hat die Gesellschaft zur Beförderung des Christentums unter den Juden zu Berlin während einer mehr denn siebenzigjährigen Thätigkeit erfahren. Nicht zum wenigsten gehört dazu auch, daß ihr mehrfach zur rechten Zeit die rechten Arbeiter und Mithelfer geschenkt wurden. Namentlich in den ersten Jahrzehnten sehen wir sie über eine Reihe tüchtiger Kräfte verfügen, die mit Ernst und Eifer und nicht ohne Erfolg die Kunde von dem Messias des Gottes Jakobs unter den Juden verbreiteten. Der bedeutendste unter allen damals, wie überhaupt noch bis heut, ist der Mann, von dem im Folgenden erzählt werden soll.*

Georg Friedrich Gottlieb Händeß ist geboren am 23. März 1795. Seine Vaterstadt ist nicht zu ermitteln, doch scheint seine Familie aus dem Thüringenschen zu stammen. Als zwölfjähriger „armer" Waisenknabe kam er 1807 in das Haus des Rektors der Stiftsschule zu Ebeleben, Friedrich

---

* Als Quellen wurden benützt die im Besitz der Berliner Gesellschaft zur Beförderung des Christentums unter den Juden befindlichen Akten und Tagebücher. Weiter: Adolf Zahn, „Meine Jugendzeit," Hagen i. W. und Leipzig 1882. Endlich da und dort verstreute Notizen, namentlich ein von Hrn. Pfarrer Beyer freundlich zur Verfügung gestellter Auszug aus dem Kirchenbuche der evangelischen Gemeinde zu Sachsa bei Nordhausen.

Gerber, der ihm seine ganze Liebe und Teilnahme zuwendete und ihm ein zweiter Vater wurde. Der reichbegabte, sanfte und gemütvolle Knabe machte ihm viel Freude und erleichterte ihm sein Erzieheramt bedeutend. Mit guten Kenntnissen ausgerüstet, ging Händeß 1815 auf die Universität Jena, um mit Gerbers und andrer wohlthätiger Freunde Hülfe Theologie zu studieren. Wie H. diese Zeit ausnützte, wissen wir nicht; sicher ist, daß er ganz und gar in rationalistisches Fahrwasser geriet. Es war eine Zeit geistiger Dürre und religiöser Gleichgiltigkeit für ihn, über die er noch in späteren Jahren tief traurig sein konnte. 1821 finden wir ihn in der Nähe von Ratzeburg als Hauslehrer bei einer Familie von Gadow. Hier sollte sein Leben in ganz neue, für seine Zukunft bedeutsame, für ihn heilsame Bahnen geworfen werden. Es kam für ihn die Stunde der Bekehrung. In den Jugenderinnerungen seines Freundes Adolph Zahn, weiland Pastors zu Giebichenstein bei Halle a. S., findet sich darüber eine Mitteilung, die wir um ihrer Anschaulichkeit willen hier unverkürzt folgen lassen.

„Frau von Gadow, diese zarte, liebenswürdige Erscheinung, Mutter von fünf Kindern, war während eines Aufenthaltes in Lübeck innerlich zum Glauben erweckt worden und fühlte wohl, wie Händeß die Hauptsache fehlte, achtete ihn aber sonst wegen seiner Treue. Da, im Monat März, erschien plötzlich Herr von Gadow und bat mich, ihn sofort auf sein Gut zu begleiten, denn Händeß sei plötzlich wahnsinnig geworden und befinde sich in Rostock unter Aufsicht eines Arztes. Ich eilte dorthin, fand ihn zwar nicht mehr in der großen Aufregung, doch sehr krank am Geist. Er war innerlich von oben erleuchtet, erkannte sich als den vornehmsten Sünder, klagte sich selbst auf das härteste an und zweifelte an Gottes Güte. Doch verbarg er damals, wodurch dieses alles über ihn gekommen sei. Er gab seine Hauslehrerstellung auf und ging mit mir nach Ratzeburg. Die Osterferien waren da, und so begleitete er mich nach Ludwigslust. Der Kreis christlicher Freunde nahm ihn liebend in seine Mitte auf, suchte ihn zu beruhigen; aber das drückte ihn mehr, als es ihn erhob, und er erklärte mir mit einem Male, er müsse sofort nach Thüringen zu seinen Geschwistern, und ich möge ihn nicht halten, sonst kehre sein Wahnsinn furchtbar zurück. Wir ließen ihn ziehen, und er kam glücklich nach Erfurt. Dort fand er allmählich Erkenntnis der Wahrheit und Ruhe für seine arme Seele. Späterhin, im Jahre 1825, wo wir in Berlin zusammentrafen und wohin er als sehr begabter Judenmissionar aus dem Posenschen zurückgekehrt war, vernahm ich folgendes von ihm: In der letzten Zeit seines Aufenthaltes bei Gadows fühlte er mehr und mehr den Unfrieden seiner Seele, besonders der stillen, sanften Hausfrau gegenüber. Hatte er doch auch schon bei unserer Reise nach Rügen gefühlt, als habe ich ein Etwas — es war leider noch sehr wenig —, was ihm fehlte. Da war aber niemand, dem er sich zu eröffnen wagte. Die Kirche und ihre Diener verstanden ihn nicht. Da brach es mit einem Male in einer Nacht in offene Raserei bei ihm aus; er stürzte aus dem Bette, ergriff eine große Ofengabel und suchte alles in seiner Nähe zu zertrümmern, und als endlich der Bediente kam, ihn zu halten, drohte er ihn zu erstechen, stürzte, wie er war, in den Hof und stand dort mitten im tiefen Schnee. Man brachte ihn endlich zur Ruhe. Körperlich angegriffen, ließ er sich das gefallen, und die äußere Raserei wich von ihm. Ein Arzt kam, auch der Geistliche, aber er schwieg. Da nahte sich ihm die Hausfrau und, ihn sanft aufmerksam machend auf seinen kranken Zustand, fragte sie: Soll ich Ihnen denn nicht etwas vorlesen? Nun ja, erwiderte er, dort liegt noch das Buch, aus dem ich mit den Kindern chemische Experimente versucht habe. Da lesen Sie mir etwas. O, sagte sie, das ist jetzt nicht das Rechte. Soll ich Ihnen nicht aus dem Neuen Testament etwas lesen? Das war ihm nicht recht; doch ließ er's geschehen. Sie las ihm Johannes 17 vor. Händeß befand sich in diesem Augenblick in einem ganz sonderbaren Zustande. Seine Glieder starben allmählich von unten auf ab und wurden ganz eisig kalt; und gerade in

diesem Augenblick lauschte er gleichsam auf den letzten Herz=
schlag und spekulierte darüber, was hernach. Doch hörte er
auf das Gelesene, und als er die Stelle vernahm: ‚Ich habe
der keines verloren, die du mir gegeben hast, als das ver=
lorene Kind,‘ hieß es: das bist du! und in dem Augenblick
begann die rechte Erkenntnis seiner selbst. Das Todes=
gefühl und die Kälte in seinen Gliedern wich mit einem
Male nach unten und verlor sich. Frau von Gadow ver=
ließ ihn ohne besondere Bemerkungen. Da in der Nacht, in
großer innerer Not, hatte er eine Vision. Das Haupt des
gekreuzigten Christus erschien über ihm, und ein Tropfen
seines Blutes netzte sein armes Herz. Nur Ein Gedanke
bildete mitten unter einem Gewirr arger Gedanken u. s. w.
den Mittelpunkt seines Lebens: Wirst du Vergebung finden,
so ergibst du dich Gott im freien Dienst der Liebe als
Missionar. Auf welchem Wege sollte er aber dazu gelangen?
Er schwankte im Jahre 1821 in Erfurt wie ein Schatten
umher. Der 88. Psalm und ähnliche drückten seine innere
Stimmung aus, auch dem Kreise der Seinigen. Niemand
verstand ihn, und man dachte nur daran, wie man ihn in
einem äußeren Beruf beschäftigen möchte. Sein einziger
Tröster unter Menschen war ein gläubiger Turmwächter auf
der Kaufmannsbrücke. In diesem Zustande traf ich ihn
Pfingsten 1821. So ganz offen konnte er noch nicht gegen
mich sein. Die Verwandten schickten ihn in diesem Sommer
über Berlin nach Stargard. Da sollte er ein Buchdrucker
werden bei seinem Onkel Händeß. Ich hatte ihm vom Baron
Kottwitz, dem Vater der Armen und Elenden, manches er=
zählt. Er meldete sich bei ihm. Der umfaßte ihn mit
seinen Liebesarmen: das Eis seines Herzens brach, und er
erzählte ihm, wohin er wolle, nämlich nach Stargard, um
Buchdrucker zu werden. ‚Nein,‘ sagte der ehrwürdige Mann,
‚mein Sohn Händeß; du sollst kein Buchdrucker werden.
Willst du ein Missionar werden?‘ Er stimmte laut schluch=
zend ein. In wenigen Tagen wohnte er schon in dem
Jänickeschen Missions=Institut und studierte mit seinen

Stubengenossen Gützlaff* sehr fleißig. Bei seinen bedeutenden Talenten für Sprachstudien warf er sich besonders auf die morgenländischen Sprachen. So ebnete sich ihm sein Weg auf das Gebiet der Judenmission."

Im Januar 1822 hatte sich zu Berlin infolge der Anregung des englischen Gesandten Sir George Rose eine Anzahl angesehener Männer zu einer „Gesellschaft zur Beförderung des Christentums unter den Juden" zusammengethan. Es galt die nötigen Arbeiter für die ins Auge gefaßte Missionsthätigkeit zu gewinnen. Unter drei in Vorschlag gebrachten „Individuen" wurde nach einer von Professor Tholuck vorgenommenen Prüfung Händeß „für die Zwecke der Gesellschaft am brauchbarsten gehalten" und dem Genannten zu weiterer, spezieller Ausbildung für seinen Beruf zugewiesen. Für die Zeit der Vorbereitung wurde ihm ein Stipendium von monatlich 12 Thalern ausgesetzt. Am 14. Mai 1823 konnte Tholuck dem Komitee mitteilen, daß sein Schüler nunmehr „zur Übernahme des Missionsgeschäftes völlig reif sei, mithin zu entlassen und sein Reiseplan zu entwerfen sein werde." Auf den Namens des Spezial-Komitees von Herrn Konsistorialrat Nicolai erstatteten Bericht wurde der Beschluß gefaßt, „ihn gegenwärtig nach den polnisch-preußischen Provinzen als Missionar auszusenden, ihm zu dem Ende ein schriftliches Kommissorium zu erteilen, ihn mit einer freilich mehr negativ zu fassenden Instruktion zu versehen, ihm angelegentlichst anzuempfehlen, nur den wirklich geistlichen und religiösen Bedürfnissen der Juden, da, wo sie sich auf irgend eine Weise an den Tag legen, durch liebreiche Unterweisung und evangelische Zusprache entgegenzukommen, bei Verteilung der heiligen Schrift und solcher religiösen Schriften, welche geeignet sind die Juden von der Wahrheit zu überzeugen, mit der nötigen Vorsicht zu verfahren. Sämtliche Schriften wird man ihm

---

* [Karl Friedrich August Gützlaff, geb. 1803, gest. 1851, hervorragender Missionar in Hongkong.]

an dem jedesmaligen Ort seines Aufenthaltes zukommen lassen. Er soll sich zunächst nach Posen begeben und die Meinung der dortigen Gesellschaft darüber einholen, ob und auf welche Art sie seiner Hilfe sich zu bedienen gedenke. Er soll darüber Bericht erstatten und, bevor er sich zu irgend einem Geschäft anheischig macht, weitere Instruktion von der hiesigen Gesellschaft gewärtigen." Als Gehalt wurden ihm 300 Thaler zugebilligt, die man jedoch bald auf 400 erhöhte, da man einsah, daß er bei seinen vielfachen Reisen, für die ihm außer einem vom Generalpostmeister erwirkten Postfreipaß keinerlei Beihülfe gewährt wurde, mit der erst festgesetzten Summe nicht auskommen könne. Freilich reichten auch diese wie manche reichlich bemessene Gratifikation nicht hin für seine Bedürfnisse. Er war äußerst freigebig gegen jeden, mit dem er nur irgendwie in Berührung kam, was von schlechten Subjekten oft schändlich ausgenutzt wurde. Alle Vorstellungen wohlmeinender Freunde blieben dagegen erfolglos. Auch sonst war er kein sonderlich guter Haushalter; er wußte mit allem sonst, nur nicht mit Geld umzugehen. Die Folge war, daß er aus den Schulden gar nicht herauskam und das Komitee mehr als Einmal für ihn eintreten mußte, um ärgerliches Aufsehen zu vermeiden. Es berührt das um so peinlicher an ihm, da er sonst in seinem Amte stets gleiche Treue und Gewissenhaftigkeit bekundet.

Am 5. Juni 1823 begab sich Händeß über Frankfurt a. O. auf das ihm zugewiesene Missionsgebiet. Er war sich der Köstlichkeit, aber auch der schweren Verantwortlichkeit seines Berufes vollbewußt. Was er später einmal über die Thätigkeit eines Judenmissionars schrieb, bewegte schon damals seine Seele. „Um den Juden," so äußerte er sich, „in seiner Eigentümlichkeit zu tragen, muß man sich täglich neue Gnade erflehen: Wahrheit, Geduld, Liebe, Sanftmut, Demut, Glauben, Beharrlichkeit, Keuschheit, Mäßigkeit u. dergl. Nur in dem Maße, als der Herr uns damit segnet, sind wir tüchtig sein Volk für das Evangelium zu gewinnen, ein Volk, bei welchem schon die natürlichen Gaben furchtbar gemißbraucht werden, das aber überdies im Gefühl seiner Erwählung und erhabenen Berufung stolz ist ein Same Abrahams zu sein; ein Volk, das deshalb Moses, der demütigste aller Propheten, kaum tragen konnte. Gewiß, man kann seine Erbärmlichkeit nicht besser kennen lernen, als wenn man solchen heiligen Propheten und Aposteln gegenüber sich an ein Werk gürten soll, welches, menschlich betrachtet, ein Werk der Unmöglichkeit ist, wenn Gott nicht Gnadenwunder an dem Herzen jedes einzelnen thut, wie er verheißen hat, durch Ausgießung seines heiligen Geistes, und seine Werkzeuge mit besonderer Kraft aus der Höhe rüstet. Was muß der Herr nicht erst an Sündern thun, wenn er durch sie sein Wort will verkündigen lassen an das Volk, welches betet: „Gelobt seist du, Herr, der du uns geheiligt hast durch deine Gebote!"

Von solch heilig ernstem Sinn erfüllt, hat er mehr denn dreizehn Jahre unter Israel gewirkt, und seine Arbeit ist nicht vergeblich gewesen. Händeß war ein Judenmissionar von Gottes Gnaden. In gleicher Weise ausgerüstet mit dem Mut wie mit der Demut des Glaubens, voll Feuers und Ausdauer in der Liebe zu Israel, voll kindlicher Einfalt und doch auch voll geistlichen Scharfblicks und christlicher Weisheit, so tritt er uns nach seinen Briefen und Berichten, so nach dem Urteil seiner Freunde und Vorgesetzten entgegen. Im Herzen ein lebendiger Christ, der Sprache und zum Teil der Kleidung nach ein Jude, so war und wirkte er in den ersten fünf Jahren seiner Thätigkeit mit unermüdlichem Eifer und in frischer Kraft auf dem ihm angewiesenen Arbeitsfelde. Überaus erquicklich und für den Missionsarbeiter noch heute lehrreich ist es, seine aufs Sorgfältigste ausgeführten Tagebücher und Berichte zu lesen. Wir lassen eine Auslese aus denselben gleich folgen.

Es war im Juli 1827, als er von einem Aufenthalte in Berlin nach Posen zurückkehrte. In Frankfurt a. O. mußte er längere Zeit auf Reisegelegenheit warten. Er hatte für den Tag eine Einladung zu einem angesehenen Bürger der Stadt erhalten. Im Laden eines jüdischen Buchhändlers kam er jedoch mit einer Anzahl polnischer Juden ins Gespräch, bei dem er so in Eifer geriet, daß er alles andere darüber vergaß. „Das Gespräch über Sünde und den Erlöser wurde bald durch einen dazwischenkommenden wallachischen Juden von der türkischen Grenze her in eine heftige Disputation verwandelt. Es schien ihn nur übereilte Hitze, erzeugt durch verjährte Vorurteile und bitteren Oppositionsgeist, gegen seine eigene vorgefaßte Meinung vom Christentum zum Eifern anzureizen. Das Geschlechtsregister, das Leiden und Sterben Christi schienen ihm am meisten Anstoß zu gewähren. Je mehr ich ihn zum Schweigen brachte durch Widerlegung seiner Irrtümer, desto gereizter schien er sich dem Lästergeiste hinzugeben. Eher wollte er Mohammed für den Messias und die Türken, die er sehr rühmte, für seine Brüder im Glauben halten, als den Tholeh* für das, was er ist, und die Christen für seine Freunde. Einige Gelehrte, deren einer ein Kabbalist zu sein vorgab, doch ohne Grund, wollten nun mit der Autorität des Sanhedrin, auf die sie sich als auf die Weisesten in Israel zur Zeit des zweiten Tempels, die ja Jesum verurteilten, beriefen, meine Beweise entkräften. Sie nannten einige der berühmtesten Beisitzer des hohen Rates, deren Namen jeden Juden mit Ehrfurcht erfüllen. Allein ich nannte ihnen Gamaliel und berief mich auf die Erfüllung des von diesem großen Manne gethanen Ausspruchs Apostelgesch. 5, 38. 39. Und da sie nun schwiegen, fragte ich, ob sie nun auch erfunden werden wollten als die wider Gott streiten, indem ich eine Erzählung von der großen Völkerbekehrung, die durch den Heiland über den ganzen Erdkreis ergangen ist und die dunkelsten Nationen erleuchtet hat, anschloß. Sie konnten diese Wirkungen der Erscheinung Jesu nicht leugnen und gestanden daher ein, daß er vielen ein großes Licht geworden, aber darum noch nicht Messias sei,

---

* [Der Gehenkte. Schimpfwort für den Gekreuzigten.]

weil sie ja noch in Gefangenschaft säßen. Die Vorstellung, daß diese die Folge ihrer Verwerfung des Blutes Jesu und ihrer Herzenshärtigkeit von Geschlecht zu Geschlecht sei, schien wenig Eindruck auf sie zu machen. Bis Abends gegen 7 Uhr war der Kampf so fortgeführt worden, und ich legte nun ein freimütiges Bekenntnis ab: daß nach der Zerstörung des zweiten Tempels niemand auf Erden selig werden könne, der nicht durchs Blut Jesu gereinigt im Glauben an das Evangelium in das Reich Gottes wiedergeboren eingehe. So ging ich hinweg, um ihnen nicht länger Raum zur Lästerung zu geben. Möge der Herr diesen armen verblendeten Seelen Licht geben durch die Ausgießung seines Geistes über sie! Mehrere unter ihnen versprachen, mich auf morgen Vormittag zu besuchen."

Einige Tage darnach erzählt er wieder: „Nach Tische gegen 4½ Uhr ging ich wieder unter Israel aus. Ich fand etliche polnische Juden, teils bekannte, teils unbekannte, an einer Kiste auf der Straße stehen und Bücher einpacken und sagte, als sie eben eine Thora mit einer Menge von Kommentaren einpackten: ‚Ihr macht's gerade wie eure Väter vor Josias, dem König in Juda.‘ Sie fragten erstaunt: ‚Wieso?‘ Ich: ‚Ihr vergrabt die Thora, das reine Gold der Offenbarung, im Staube menschlicher Weisheit in Kisten und Kasten, wie jene das Gesetz Mosis in der Bundeslade unter dem Staube hatten in Vergessenheit geraten lassen.‘ Dies gab Anlaß zu einem Gespräche über das Verhältnis Israels zu ihrem Gesetze und ihrem Gotte, sowie zum Thalmud und den Rabbinen. Man erkannte mich sogleich als einen Missionar und hörte das Gleichnis von der köstlichen Perle Matth. 13, 45. 46 auslegen." Gleich darauf geriet er mit einem jüdischen Antiquar in ein Gespräch über das Missionswerk unter den Heiden. Jener bemerkte, daß die Heidenmission ein verdienstliches Werk Gottes sei, die Judenmission dagegen überflüssig erscheine. Das gab Händeß Anlaß zu zeigen, daß es sich nicht bloß darum handle, die Heiden über die Einheit Gottes und seine Gesetzgebung zu belehren, sondern sie dem Reiche des Messias einzuverleiben, welches bestehe in Gerechtigkeit, Friede und Freude im heiligen Geiste. „Eben strafte ich die Leichtfertigkeit derjenigen Juden, die sich übers Gesetz hinwegsetzen und das Christentum im Schweinefleisch= essen suchen 2c., und erklärte, warum dem Christen als einem durchs Blut Jesu rein Gewordenen alles rein sei, als sich mehrere polnische Juden und Jüdinnen herandrängten, das Wort zu hören; andere gingen, um etwas zu hören, an der Bude, vor der ich das Wort predigte, auf und ab. Mehrere wurden von der Barmherzigkeit Gottes in Christo Jesu gerührt und dankten innig für den Trost, den sie empfingen. Andere sagten: ‚Das ist ja unser jüdischer Glaube. Darin ist kein Unrechtes, was der Herr hier sagt.‘ Ich beschloß nun, da es bereits 8 Uhr Abends war, mich zur Reise an= zuschicken, traf aber mit dem Petrikauer Juden auf der Straße zusammen, der sich mir als ein Chasid (Frommer) entdeckte. Dieser nötigte mich noch in seinen Laden herein. Hier fand ich den Wallachen und andere polnische Juden. Der Wallache fing an, wo er neulich stehn geblieben war, nämlich beim Lästern, und sagte, um es kurz zu fassen: ‚Der Jesus von Nazareth kann mir so viel helfen als der Hund auf der Straße. Ihr seid nur darum, weil ihr besoldet werdet, ausgezogen, ein bißchen von ihm zu reden. Könnte er mir helfen oder schaden, so laß ihn doch seine Macht an mir beweisen, daß ich ihn ehre als Gottes Sohn.‘ Ich konnte ihm ganz ruhig auf alle diese Lästerungen, die er sagte, antworten: ‚Was mich betrifft, wenn ihr meint, daß ich um des Geldes willen euch nur predige, so bin ich euch keine Rechenschaft schuldig, da ihr mir keinen Lohn gebt, mich auch nicht gedungen habt, sondern dem Gotte, der Arbeiter in seinen Weinberg sendet, wie er gesagt hat: Deinen Weinberg sollen Fremde bauen. Aus dessen Gnadenschatz nehme ich freilich täglich in Fülle, was ich für Leib und Seele bedarf. Was den Sohn Gottes betrifft, den ihr lästert, so bedarf es gar keiner besonderen Strafe, euch zu strafen. Ihr habt euren Lohn schon dahin, nämlich daß ihr an den nicht glauben könnt, der uns allen zur Seligkeit gemacht ist. Es ist die fürchterlichste Strafe Gottes, daß ihr lästern müßt. Denn niemand lästert den Messias durch den heiligen Geist, sondern durch den Satan, von dem ihr gebunden seid.' Er lachte und wiederholte seine Lästerung. Ich erzählte ihm die Todesgeschichte von Julian dem Abtrünnigen und fügte hinzu, es sei sein Abend noch nicht gekommen, und er sollte auf seinem Sterbebette noch einmal seiner Lästerungen gedenken; denn Der werde ihn richten, den er verhöhne und durch dessen Barmherzigkeit ihm noch eine Gnadenzeit gestiftet werde. Die Worte: ‚Gott sei Eurer armen Seele Eurer Gotteslästerungen halben gnädig!‘ machten ihn auf einmal kleinlaut; er suchte sich stotternd zu entschuldigen. Die Juden alle, die zugegen waren, äußerten ihre Unzufriedenheit über seine Frechheit und sagten, er könne doch nicht klüger sein wollen als viele Millionen Menschen, die an Jesum glauben, worunter doch Leute wären, die mehr gelernt hätten als er. Dies setzte ihn ganz außer Fassung. Ein Petrikauer Jude legte darauf ein schönes Zeugnis vor dem Lästerer von der Frömmigkeit und Mildthätigkeit der Missionare ab und machte den Schluß, daß solche frommen Leute keiner schlechten Sache dienen. Ich ging. Die Petrikauer und etliche Juden aus dem Herzogtum [Warschau?] begleiteten mich bis an den Gasthof, wo sie mit dem Bruderkuß und mit liebenden Segenswünschen von mir schieden. Ein Segenswunsch wie der: ‚Gott gebe Ihnen Segen und Gedeihen auf allen Ihren Schritten und Tritten und in allem Ihrem Vorhaben!‘ ist doch in dem Munde eines Juden gegen einen Judenmissionar gewiß selbst schon ein Segen. Gott erhöre ihn! Amen."

Von der Achtung, deren sich Händeß bei den Besseren unter seinen Juden erfreute, und von dem herzlich-freundlichen Verkehr, den er mit ihnen unterhielt, finden sich auch sonst noch manche Beispiele. In einer Stadt redete Händeß über Jes. 62, 1 zu den Israeliten.* Gleich nach Eröffnung seiner

---

* Die Stelle befindet sich in Händeß' Tagebüchern aus dem Jahre 1824.

Rede trat zu den versammelten Jünglingen ein gebückter Greis mit silberweißem Haar und Bart. Händeß stand sogleich von seinem Stuhle auf und bat den Alten, Platz zu nehmen. Er weigerte sich dies zu thun, indem er sagte: „Sie lehren uns, Ihnen gebührt der Stuhl." Er setzte sich auch nicht eher, als bis der Missionar sich auf das Wort berief: „Vor einem grauen Haupte sollst du aufstehen und sollst die Alten ehren." Als Händeß nun seine Rede fortsetzte und mit der Ermahnung schloß, doch ja den Tag des Heils, die angenehme Zeit der Heimsuchung Gottes, nicht zu versäumen, rollten dem lieben Alten die Thränen von den Augen in den langen Bart herab. Nachdem der Missionar den Segen gesprochen hatte, erhob sich der Greis, drückte die Hand des Glaubensboten mit inniger Rührung an sein Herz und sagte: „Ich habe 115 Jahre lang die Welt gesehen und vieles erfahren, aber so etwas habe ich aus dem Munde eines Christen noch nicht gehört, als ich von Ihnen hörte. Gott segne Sie!" Damit verließ er die Versammlung. Als Händeß ihn am folgenden Tage in seinem Hause besuchte, kam er ihm mit den Worten entgegen: „Ach, das ist ja unser Prediger!" umarmte ihn herzlich und ließ ihn neben sich auf dem Sopha sitzen. Beide sprachen mit einander über die Ruhe in Abrahams Schoß, nach welcher der liebe Alte sich von Herzen sehnte, und über den Weg, am sichersten zu dieser Ruhe zu kommen. Der ehrwürdige Greis konnte sich nicht genug darüber wundern, daß Händeß das Volk Israel so lieb hätte, und äußerte den Wunsch, daß alle Christen so denken möchten, weil dann der Trost Israels gewiß erscheinen würde. Er freute sich ungemein, als er hörte, daß in Berlin und an anderen Orten hunderte von Christen wären, welche Jerusalem und seinem Volk den Frieden wünschten. Er nannte daher Berlin „Klein=Jerusalem." Als Christ und Jude von einander schieden, begleitete der Alte den Jüngling bis zur Thür. Hier trennten sie sich nach einer innigen Umarmung, indem Händeß dem Greise eine selige Sterbe=

stunde in dem Herrn und der Greis ihm den Segen Gottes zu seinem Berufe wünschte.

In einer anderen Stadt war der Missionar mit dem Rabbiner und dem Synagogendiener in der Synagoge zurückgeblieben. Die hereinbrechende Abenddämmerung hatte das Bethaus in Dunkelheit gehüllt, durch welche der matte Schimmer der immerwährenden Lampe brach. Der Rabbiner und der Missionar standen vor dem Allerheiligsten, welches geöffnet war. Da sprach der Rabbiner: „Also ist nach Ihrer Meinung Jesus von Nazareth der rechte Messias?" Händeß legte seine Hand auf das Gesetzbuch und antwortete: „Jesus von Nazareth ist nach dem Gesetz Mosis und den Propheten verheißen, bestätigt durch eine beinahe zweitausendjährige Erfahrung als Messias, der Sohn Davids, der Weibessame, welcher der Schlange den Kopf zertritt, der Prophet wie Moses und Mittler zwischen Gott und den Menschen, der Jehovah unserer Gerechtigkeit, der Engel des Bundes, durch den das Haus Davids ist wie ein Gotteshaus. Da er unter die Übelthäter gerechnet ward, hat er die Sünde vieler, die an ihn glauben, getragen und ist nun erhöhet zur Rechten Gottes des Vaters, von daher er kommen wird, zu richten die Lebendigen und die Toten und seine Auserwählten zu versammeln von allen vier Enden der Erde. So wie wir hier vor der Thora (dem Gesetzbuche) stehen" — dabei reichten sich alle drei die Hände —, „so werden wir uns sammeln unter seinem Panier, dem heiligen Kreuz, wo er die Versöhnung gestiftet. Israel wird mit erleuchteten Augen schauen, in welchen die Väter gestochen haben, und mit bitteren Bußthränen ihm freiwillig huldigen im heiligen Schmuck. Der Tag Gottes wird aufgehen über dem heiligen Lande wie Morgenröte, eure Besserung wird schnell wachsen. Ihr werdet ausrufen: Einen Stein haben die Bauleute verworfen, einen köstlichen Stein, worauf Zion gegründet ist. Wunderbar ist es vor unseren Augen, das ist vom Herrn geschehen. Euer Herz wird ausbrechen: Gelobet ist, der da kommt in dem Namen des Herrn! Hosianna in der Höhe!

und die ganze Christenheit wird euch zurufen: Wir segnen euch, die ihr seid vom Hause des Herrn! Herr, erhöre in dieser heiligen Stunde das Abendopfer meiner Lippen! Erleuchte dein Volk, daß sie ihren Goel, den Gekreuzigten und Erhöhten, erkennen und daß er sie sammle wie ein Hirt seine Herde. Erhöre, Adonai Zidkenu [Herr, der unsere Gerechtigkeit ist], erhöre, o Heiland der Welt, und laß leuchten dein Angesicht über deinem zerstörten Erbe und dem Berge, da deine Herrlichkeit wohnet!" Der Rabbi, innig gerührt, rief aus: „Omen we Omen (Amen ja Amen)!" Alle drei umarmten sich mit Thränen der Rührung als Brüder. Der Missionar aber ging von dannen mit einem Herzen voll inbrünstigen Dankes und mit dem Gefühl: Hier ist Bethel, ein Haus des Herrn.

Nicht immer freilich war die Arbeit des treuen Predigers so gesegnet und herzerfreuend. Manch Bitteres mußte er daneben erfahren. Die Feindschaft des jüdischen Volkes gegen den Herrn Jesum Christum war damals gerade so groß wie heute und dazu noch gewaltthätiger. An Schmach- und Spottreden gegen die Sache nicht minder, die er vertrat, wie gegen seine Person fehlte es nie; er hat das still, ja mit Dank gegen den Herrn, der ihn gewürdigt sein Nachfolger zu sein, getragen. Selbst bis zu Thätlichkeiten ließen einzelne jüdische Eiferer sich fortreißen. Ein Vorfall, den er mit einer gewissen inneren Erregung mitteilt, mag das beweisen. Unterm 17. Oktober 1824 schreibt er von Posen aus:* „Am Laubhüttenfest, wo ich auf dem rings mit jüdischen Häusern verbauten Synagogenhofe mit einem alten Gelehrten und den Thalmudschülern disputierte, errettete mich der Herr aufs gnädigste von einem Steinregen, den man mir auf eine Strafpredigt, welche ich an alt und jung wegen ihrer Leichtfertigkeit richtete, nachschickte. Ich dachte mit Paulo: Als die Ertöteten und siehe, wir leben. Dem Herrn

---

* In einem Brief an Herrn Justizrat Focke, der aus dessen Nachlaß mir von Frl. El. Focke gütigst zur Verfügung gestellt.

sei auch dafür Anbetung, daß er mich seiner Schmach würdiget; Ihm das Kreuz zu tragen ist süße Last. Ein Wunder seiner Rechten war es, daß unter 10—12 großen Ziegelsteinen, die um und neben mich so fielen, daß sie von der Mauer in kleineren Stücken zurücksprangen oder andere Steine zermalmten, kein einziger mich traf. Ich sahe mich um, und da flohe vor meinen Augen eine ganze Schar feiger Buben, die unten beim Rabbi Thalmud studieren und die mit ihren Steinen mich im Rücken angriffen. Denken Sie, was sollen aus diesen künftigen Volkslehrern für Generationen hervorgehen! Denn diese Leute sind fast alle schon verheiratet. Nun stellen Sie sich erst die Gassenbuben aus den Hefen des jüdischen Volkes vor! Wahrlich, Aufforderung genug für uns zu aufrichtigem Gebet für das arme, so sehr vernachlässigte und verwilderte, an Geist und Herz rohe Volk, welches seine heilige Bestimmung ein Volk Gottes zu sein aus den Augen setzend, sich zum gemeinen Pöbel herabwürdigt in denen, die des Volkes Führer und Bildner sein sollen. Ich kann Ihnen meinen Schmerz nicht beschreiben und die Demütigung meiner freudigsten Hoffnung einer baldigen Erlösung dieser Unglücklichen, Verfinsterten, die heute wie vormals diejenigen steinigen, welche zu ihnen gesendet werden. Ich fiel daher zu Hause auf meine Kniee nieder und rief den Herrn, den Gott ihrer Väter an, daß er die Sünden dieses Volkes tilgen wolle, wie eine Wolke, die Decke hinwegthun von ihren Augen, das steinerne Herz aus ihrem Fleische nehmen und ihnen ein fleischernes geben und seinen Geist in ihr Inneres ausgießen und wieder ihr Gott sein und sie sein Volk sein lassen wolle. Ach, leider haben sie harte Seelen und eiserne Stirnen — noch heute! Ach Herr, wie lange?! Erleuchte Dein Angesicht über diesen Trümmern Zions, laß Deinen Geist ihre Totengebeine anwehen und sie zu neuem Leben aufgrünen. Amen."

So treue fürbittende Liebe, verbunden mit unermüdlichem Eifer konnte nicht vergebens bleiben. Händeß ist wohl einer der erfolgreichsten Missionsarbeiter gewesen. Zwar sprach

der Erfolg sich weniger in zahlreichen Übertritten zum
Christentum aus, wenn auch nicht wenige Proselyten später
bekannt haben, daß das erste Samenkorn ihres christlichen
Glaubens durch Händeß in ihr Herz gepflanzt worden ist.
Die Hauptsache war, daß weite Kreise des jüdischen Volkes
aus ihrer schroff ablehnenden Haltung gegenüber dem Christen=
tum heraustraten, daß sie aufhörten die Predigt von Christo
zu verachten oder zu verspotten und vielmehr anfingen mit
Ernst darüber nachzudenken. Wie viele mögen darüber den
Heiland ihrer Seele gefunden haben und still im Glauben
an ihn gewandelt und gestorben sein! Manch einer, deß
Name nicht in unseren Taufregistern steht, ist gewiß durch
den Dienst des treuen Gottesknechts in das Buch des Lebens
eingeschrieben worden. Im übrigen war es auch gar nicht
seine Absicht, da und dort einen Israeliten zur Taufe zu
führen; er berechnete seine Erfolge nicht ziffermäßig nach der
Zahl der vorgekommenen Taufen. Als rechter Missionar
hatte er seinen Blick auf das große Ganze gerichtet, die Masse
mit der evangelischen Predigt anzufassen, mit christlichen Ge=
danken sauerteigartig zu durchtränken und möglichst ganz
Israel selig zu machen — das war das große Ziel, das
ihm bei all seinem Wirken vor Augen stand. Von den in
der Neuzeit — bei gleichem Streben — wieder in Aufnahme
gekommenen Hoffnungen auf eine nationaljüdische Christenheit
wußte er freilich nichts. Über die Art, wie die Gesamt=
bekehrung Israels stattzuhaben müsse, ob es sich an die ge=
schichtlich bereits gegebenen Formen des Christentums der
Völker anschließen oder ob es eine eigene jüdische National=
kirche gründen solle, darüber stellte er keine Betrachtungen
an, das überließ er vielmehr der Weisheit eines Höheren.
Ihm genügte es, dem Herrn an seinem Volk möglichst treu
und möglichst geräuschlos zu dienen. Gegebenen Falls trug
er denn auch gar keine Scheu, einen Israeliten, sofern er
gläubig geworden war, durch Unterricht und Taufen in die
christliche Gemeinde nicht bloß, sondern auch in die Landes=
kirche aufzunehmen. Für diese seine Täuflinge wie über=

haupt für die aus Israel Gewonnenen sorgte er mit der rührendsten Hingabe und Opferwilligkeit. Sein Letztes gab er hin für einen armen Proselyten; ja selbst sein guter Ruf war ihm nicht zu teuer, wenn es galt, der Not eines um seines Glaubens willen verfolgten Christen aus Israel abzuhelfen. In Samoczyn verpflegte er eine schwer erkrankte Proselytin, welche jüdische Unduldsamkeit und der Christen Lieblosigkeit ruhig in ihrem Elend liegen ließen, in seinem eignen Zimmer persönlich, nur von einem Katechumenen unterstützt. Tagelang kam er nicht aus den Kleidern, Tag und Nacht wachte er, bis die Macht der Krankheit gebrochen und er die Freude hatte seine Pflegebefohlene langsam genesen zu sehen. Gehässigkeit und Klatschsucht nahmen ihm das freilich sehr übel, und böse Gerüchte über sein Treiben drangen bis vor die Ohren seines Komitees in Berlin, das ihm eine freundliche Vermahnung zu teil werden ließ. Sein Verhalten mag allerdings unvorsichtig gewesen sein; aber wir glauben ihm gern, daß nur heilige erbarmende Liebe ihn dazu getrieben hat. In einem Brief an seinen Mitarbeiter Wermelskirch* kommt er des Längeren auf die leidige Angelegenheit zu sprechen, um sich vor ihm zu rechtfertigen. Als einen Beitrag zugleich zur Beurteilung seines Charakters lassen wir diesen Brief wenigstens auszugsweise folgen: „Es ist wahr, das Werk der Barmherzigkeit, welches ich an der Proselytin that, muß in den Augen derer einen Schein des Argen tragen, die weder Christi Gesetz noch die traurigen Verhältnisse kennen, unter denen das unglückliche Geschöpf hier hülflos und verlassen krank lag, auf einem zugigen Boden, dem Sturm des rauhen Herbstwetters ausgesetzt, so daß der Mediziner, den ich zu Hülfe rufen mußte, mir sogleich es zur Pflicht machte, noch in derselben Nacht, wo sie unter den heftigsten Schmerzen dahinsterben zu müssen Gefahr lief, sie in ein warmes Zimmer zu schaffen. Meine Frau Wirtin, die ich bat sie in ihre Stube zu nehmen,

---

* Aus dem Nachlaß des Herrn Justizrat Focke.

schlug mir's ab, weil sie keinen Raum hat, indem der Tuch=
weberstuhl und Maschinen ihre Stube anfüllen. Ebenso
konnte ich mitten in der Nacht sie nicht zu einem entfernteren
Ende der Stadt schaffen, wo einige christliche Bekannte
wohnen. Diese weigerten sich auch nach ihrer wieder=
beginnenden Genesung sie aufzunehmen. Denn du weißt
wohl, daß wenigen Liebe für das Volk Israel gegeben ist.
Ich mußte sie also zu mir ins Zimmer nehmen und sie
mit dem lieben B., dem jüdischen Lehrer, den du bei mir
sahst, pflegen. Man ging so weit, daß, als das arme
Mädchen im wohlthätigsten Schweiß lag, man ihr die
Betten wegnahm und ich nur mit genauer Not einige Stück
Betten zusammenstoppeln konnte. Und so mußte ich ganze
vierzehn Tage angekleidet bleiben, wachen, beten, Kranken=
pfleger und Seelenpfleger zugleich sein. Selbst eine alte
Frau, die ich zur Pflege bestellte, verließ mich bald wieder
unter dem Vorwand, daß sie das Wachen nicht aushalten
könne, in Wahrheit aber auf Anregung anderer, die ihr
keinen Erwerb mehr geben wollten, wenn sie länger diese
Krankenpflege übernehme. Wenn du mit einem mit dem
Tode ringenden Kranken in Einem Zimmer zu sein gezwungen
bist, kann nur der Teufel dir einreden, das sei unrecht, so=
bald niemand sich des Elendes annimmt. Der Gott des
Gerichts ist allwissend und allgegenwärtig; er wird mich und
diejenigen richten, die mir afterreden. Laß dich also nicht
irren, was die Bosheit spricht, sondern siehe mit mir auf
Christi Gebet und Vorbild, so wird dein Urteil anders aus=
fallen. Was nützt das Predigen, wenn es keine Frucht
schafft! Der Wandel mag predigen, wo das Wort und die
Bitte der Liebe überhört wird, damit wir nicht klingender
Schall und tönend Erz seien."

Bei seiner Missionsarbeit scheidet Händeß zwischen
direkter und indirekter Thätigkeit. Jene bestehe in
unmittelbarem Einwirken auf Israel, diese in Anregung der
Christenheit zu ernstem, gottseligem Wandel und rechter Liebe
zu Israel. Als Mittel, deren er sich zu ersterer bediente,

nennt er „Traktate, jüdische alt- und neutestamentliche Schriften, mündliche Belehrung, Predigt und Gespräche, die unter Israel ausgestreut werden." Von den Traktaten, deren es damals gerade wie heut leider nur wenig brauchbare gab, verlangt er, daß sie „teils — polemisierend gegen den Rabbinismus und Thalmudismus oder gegen den Deismus — auf das reine, alttestamentliche Judentum in Mose und den Propheten hinweisen, teils — an das noch Vorhandene des Alten im Judentum sich anschmiegend, — den Alten Bund im Neuen verklärt und erfüllt darstellen." Zugleich sollten sie Weckrufe zur Buße sein, „Donnerstimmen Mosis und der Propheten, welche mit allem Nachdruck nicht nur den Irrtum und Wahn, sondern auch die Sünde, deren Abscheulichkeit und Strafbarkeit recht ans Licht stellen." An diese Bußwecker sollten sich dann „rein belehrende Schriften über den Bund der Verheißung anschließen, welche die Typologie des Gesetzes und der heiligen Geschichte ebenso wie die noch ehrwürdigen Überbleibsel des reinen alten Judentums, die dies Volk mit wunderbarer Treue noch bewahrt hat, zur Hinweisung auf den neuen Bund und dessen Gnadengeheimnisse benützen könnten." Endlich sollten Schriften herausgegeben werden, welche den Geist und das Leben des Christentums im Vergleich mit dem Geist des Alten Testamentes zur Darstellung zu bringen hätten.

Interessant ist und mag hier gleich angeführt werden, wie Händeß sich zu dem vom Missionsprediger Ayerst in Berlin geplanten Unternehmen einer religiösen Zeitschrift für Juden stellte. In einem Brief an den Justizrat Focke vom 23. Februar 1836* schreibt er: „Ich bin damit ganz einverstanden. Nur fragt sich's, welches der nächste und eigentliche Zweck dieses Blattes sein soll . . . Es soll, denke ich, doch wohl ein öffentliches Blatt sein, welches von Juden gelesen werden soll, indem es ihnen entweder für Geld oder gratis dargeboten werden muß, und soll doch auch belehren

---

* In den Akten der Gesellschaft.

oder erbauen; denn ohne dieses Interesse lassen sich dafür
keine Abnehmer gratis, noch viel weniger für Geld erwarten.
Das Interesse belehrt zu werden setzt aber auf Seiten des
Lesers das gefühlte Bedürfnis der Belehrung und das Zu=
trauen zu dem, der belehren will, voraus, daß er die Kraft
und das Vermögen besitze sein Bedürfnis zu befriedigen.
Solcher Leser würden nun aber unter den Juden sich nur
wenige finden, die uns a priori schon das Recht, sie zu be=
lehren, als die Irrenden, zugestehen würden. Es würde eine
petitio principii sein, von dem zu Bekehrenden zu fordern,
daß er sich von vornherein schon als den Irrenden und seinen
Opponenten als den zu seiner Belehrung Befähigten an=
erkennen sollte. Israel meint ja eben im Besitz der Wahr=
heit und aller Vorzüge als das Volk Gottes zu stehen. Nur
solche Juden also, die sich schon bekehrt haben, also Proselyten,
oder die sich schon zum Christentum wenigstens hinneigen,
würden als Leser vorausgesetzt werden müssen. Es fragt sich
daher, ob deren soviel sein würden, daß es der Mühe lohne,
eine solche Schrift herauszugeben . . . Zweitens ließe sich
der Zweck denken, daß die zwischen Juden und Christen
streitigen Religionslehren als: die Lehre von der Trinität,
vom Messias, insbesondere von der Sünde und der Er=
lösung u. s. w., mit einem Worte das Evangelium, den Juden
zur Beurteilung vorgelegt würden, und zwar mit allen den
Gründen, worauf sie gebaut werden, und daß den Juden
ihrerseits gestattet würde, darüber ihre Ansichten, Zweifel
u. s. w. in demselben Blatte entweder in apologetischer oder
polemischer Form abdrucken zu lassen, sodaß es eigentlich den
denkenden Juden eine Gelegenheit ihre Lehre zu prüfen, zu
verteidigen oder zu berichtigen darböte, indem sie Gründe
gegen Gründe abwägen und sich nicht nur ihrer Glaubens=
lehre selbst recht klar bewußt, sondern auch zum Nachdenken
über die Gründe der christlichen Lehre geführt werden müßten,
wenn sie unsere Lehre angreifen, des Irrtums zeihen oder
die ihrige verteidigen wollten. Es wäre in dieser Form
also ein Anregungsmittel zur nüchternen, unbefangenen

Prüfung der Wahrheit. Häufig hörte ich von jüdischen Gelehrten sagen: ‚Wenn wir nur auch reden dürften, so würden viele Christen von ihrem Irrtum überzeugt werden. Nun aber steht ihnen bloß zu das Wort zu führen.' Der „Jewish Expositor", welcher in London erscheint, hat dergleichen Insertionen von christlicher und jüdischer Seite und muß also auch wohl ein von beiden Parteien gelesenes Blatt sein. Für eine solche Art von Zeitschrift ließen sich vielleicht jüdische Leser erwarten, weil sie ein Blatt für Juden im eigentlichsten Sinne des Worts sein würde. Freilich müßten die Arbeiter an diesem Blatte gegen jeden, auch wissenschaftlichen Angriff aus dem Gebiete der Theologie gerüstet sein. — Oder aber es müßte in Form eines Missionsblattes erscheinen und aus der älteren und neueren Missionsgeschichte in der Bekehrung der Heidenwelt die Erfüllung der Weissagungen der Propheten über den Messias als das Licht der Heiden und über sein Reich nachweisen. Solche Mitteilungen würden, wenn sie in jüdischer und deutscher Sprache erschienen, vielen Juden willkommen sein. Sie könnten auch wohl daneben Züge aus der heiligen Geschichte nach dem letzten Exil enthalten und sich so dem Juden an seine Verheißungen und an seine Geschichte anschmiegen."

Das geplante Unternehmen kam damals nicht zu stande. Erst 1845, also lange nach Händeß' Tode wurde eine Zeitschrift ins Leben gerufen, die etwa dieselben Ziele verfolgte, welche in dem mittleren Teil des vorliegenden Briefes dargelegt werden. Es waren die zuerst von Pastor Hartmann trefflich geleiteten „Dibre emeth" (Worte der Wahrheit), die von Juden wie Christen seinerzeit viel und gern gelesen wurden. Es bleibt bedauerlich, daß wir in der Gegenwart nicht ein ähnliches, dem freien Meinungsaustausch zwischen Israel und der Christenheit dienendes Organ haben.* Die bestehenden Missionsgesellschaften würden gewiß etwas Nütz-

---

* Die Ausgestaltung der Missionszeitschrift „Nathanael" zu einem solchen Organ ist beabsichtigt.

liches zur Evangelisierung Israels thun, wenn sie — konfessionelle und persönliche Eifersüchteleien zurückdrängend — sich zusammenschlössen zur Herausgabe einer wirklichen „Missions"=Zeitschrift, wie sie der treffliche Händeß hier in Vorschlag bringt. Die noch vor kurzem mit der von Luchy begründeten, einige Zeit von der Berliner Gesellschaft herausgegebenen, dann wegen Mangels geeigneter Mitarbeiter eingegangenen hebräischen Monatsschrift 'Eduth le-Israel" gemachten Erfahrungen können nur ermutigen, es mit einer deutschen Zeitschrift ähnlicher Richtung zu versuchen. Für einen Teil der Judenheit wird hoffentlich die jetzt regelmäßig erscheinende Zeitschrift Berith 'Am (s. Nath. 1893, S. 144 f.) je länger desto mehr einen Ersatz bilden.

Um dem Mangel an geeigneten Traktaten abzuhelfen, hat Händeß sich selbst wiederholt schriftstellerisch versucht. Das Einzige jedoch, was wirklich zum Druck gekommen ist, ist die Schrift „Das Passahlamm, oder Passahbelehrungen für jüdische Kinder." Sie ist frisch, erwecklich und erbaulich geschrieben, und scheint guten Absatz gefunden zu haben. Sie zeugt nebenbei auch von seiner genauen Kenntnis jüdischer Art und jüdischen Wesens und, im jüdisch=deutschen Jargon gehalten, zugleich von seiner Gewandtheit sich in dieser eigenartigen Mundart auszudrücken. Bedeutsamer jedoch als seine schriftstellerische war seine Predigtthätigkeit. In seinen Gottesdiensten, die er überall, wohin er kam, zu veranstalten suchte und dann zumeist auf den Sonnabend Nachmittag verlegte, hatte er bisweilen fünfzig, sechzig, hundert, ja einmal sogar zweihundert jüdische Zuhörer. Diese besuchten ihn auch in seinem Hause und blieben nicht selten bis tief in die Nacht bei ihm. Fast überall gelang es ihm, sich ihr Vertrauen zu erwerben, und selbst die Spötter und Verächter wurden oft durch seinen Mut und seine Demut überwunden.

Wie wunderbar oft das Entgegenkommen war, das er bei Israel fand, dafür nur folgende Beispiele. In Strzelno hatten die Juden dem Bürgermeister gegenüber den Wunsch geäußert, daß Händeß einmal in ihrer Synagoge predigen möchte. Wohl um etwaigen späteren Ungelegenheiten vor­zubeugen, hatte der Bürgermeister, ein großer Freund der Judenmission, unter der jüdischen Gemeinde ein Zirkular herumgehen lassen mit der Aufforderung, daß sich ein jeder zu dem ihm gemachten Vorschlag äußere. Sämtliche Ge­meindemitglieder hatten ihre Zustimmung ausgesprochen. So betrat denn Händeß, im Talar, am Sonntag Nachmittag um 3 Uhr die Synagoge, stellte sich dem Allerheiligsten gegenüber auf das Kanzelpult, von dem sonst die Thora verlesen wird, und begann seine Predigt. Die Synagoge war überfüllt von Juden und Christen; alle Fenster, Thüren, selbst der Raum vor dem Hause waren dicht besetzt. Ergriffen von der Thatsache, den Heiland predigen zu können an einem Orte, wo sein Name sonst wohl verlästert ward, sprach er über den prophetischen Abschnitt der Woche, Hosea 14, 2—10, hinweisend auf das Straucheln Israels in wissentlicher Sünde und auf die Wiedererlösung desselben durch Christum Jesum, den sie als den Sohn Davids, den sie durchstochen hätten, betrauern müßten mit aufrichtiger Betrübnis. Er sprach mehr als anderthalb Stunden, und alle folgten ihm mit gespannter Aufmerksamkeit. Es war das wohl einer der schönsten Tage in seinem Leben. — Nicht minder eigen­artig war der Gottesdienst, den er in Wongrowitz des großen Andrangs wegen unter freiem Himmel halten mußte. Händeß predigte über den Wochenabschnitt 4. Mose 24, 17, die Weissagung Bileams von dem Stern aus Jakob. Die jüdischen Zuhörer standen, gesondert von den Christen, zu seiner Rechten unter den großen Lindenbäumen. „Das schöne Gestirn des Tages war untergegangen und hatte den Purpur­saum seines Strahlengewandes am Horizont noch zurück­gelassen. Da riefen wir den Stern aus Jakob an, daß er in unser aller Herzen aufgehen und, wenn es Abend werde, bei uns bleiben wolle, bis der schöne Tag des ewigen Lebens für uns alle anbrechen und mit seinem Lichte uns umstrahlen werde."

Welch großen Zulauf Händeß bei seinen Predigten

hatte, beweist unter anderem auch die Thatsache, daß ein Rabbiner eines größeren Ortes öffentlich Beschwerde führte, weil über der Predigt des Missionars am Sabbath der jüdische Gottesdienst gänzlich vernachlässigt wurde. — Auch das sei zuletzt noch erwähnt, daß, als eine christliche Gemeinde in der Umgebung von Samoczyn Händeß zu einem Gottesdienst in ihrer Kirche einlud, ein jüdischer Kaufmann des Ortes einen Teil der Reisekosten trug und „eine Bouteille Wein" zur Bewirtung des Gastes spendete. Es war das ein Zeichen von Dankbarkeit, wie sie Händeß auch sonst nicht selten von jüdischer Seite erfuhr. Als er beispielshalber in einem Orte bei Christen keine Wohnung finden konnte, besorgten die Juden ihm eine solche. Ja, ein jüdischer Gastwirt, der ihn längere Zeit beherbergt hatte, weigerte sich ganz entschieden, Bezahlung dafür anzunehmen.

Eine eigene, wie es scheint, nicht fruchtlose Art, das Evangelium unter Israel zu verbreiten, war es endlich, wenn Händeß sich des Unterrichts der heranwachsenden Jugend nach Möglichkeit annahm. Damit war es seiner Zeit überaus trübe bestellt. Ein Schulzwang für Juden bestand noch nicht, und ihre Kinder in deutsche, resp. christliche Schulen zu schicken waren die wenigsten gewillt und im stande. So wurde nur für die Knaben aufs allernotdürftigste gesorgt, daß sie schreiben, lesen und das jüdische Ritual ausüben lernten. Die Mädchen wurden vollends sich selbst überlassen, ja, man sah es nicht einmal gern, wenn sie allzu lernbegierig waren — wie denn ein zwölfjähriges Kind mit Betrübnis Händeß erzählte, daß der Melammed (der jüdische Lehrer) des Ortes durch nichts, auch nicht durch das Versprechen, sich willig von ihm schlagen zu lassen, bewogen werden konnte sie ein wenig lesen zu lehren. Ein anderes, etwa gleichaltriges Mädchen, „dessen Äußeres ebenso sehr von Dürftigkeit zeugte, als das lebhafte geistreiche Auge einen regen Geist und guten Verstand, und das äußere Benehmen und die Beantwortung vorgelegter Fragen ein demütiges Herzchen verriet," mußte gestehen, daß sie nicht einmal die notwendigsten jüdischen Gebete gelernt habe, weil ihr Vater zu arm sei, sie in die Schule zu schicken. „Aber was thust du denn dann am Sabbath, wo man Gott dienen soll?" fragte der Missionar. „„Nichts,"" war die betrübte Antwort. „Weißt du denn nicht, daß Gott seine Thora gegeben und den Menschen darin bekannt gemacht hat, wie sie leben sollen?" — „„Was weiß ich?!"" — „Aber weißt du denn gar nicht, wer dich erschaffen hat?" — „„Doch, Gott im Himmel.""— „Fürchtest du nun nicht seine Ungnade in jener Welt, wenn du gar nicht dich darum kümmerst, wie du ihm dienen und selig werden kannst?" — Das Kind wurde unruhig und fürchtete, man wolle ihm irgend ein Leid anthun, und es kostete viel Zureden seitens der Anwesenden, daß es nicht wie ein gescheuchtes Reh von dannen eilte. „Wer die unerklärliche Angst des Kindes gesehen," bemerkt Händeß, „und dabei ihren guten Verstand und ihre Herzensanlagen wahrgenommen, der konnte nicht anders als mit tiefem Seufzen des Mitleidens das arme Geschöpfchen, eine Tochter des gesegneten Namens Abrahams, in solcher traurigen Lage ansehen und zugleich den Wunsch hegen: Möchte doch dein Schade geheilt werden."

Nun, was er thun konnte, diesen Schaden zu heilen, hat der treue Mann auch gethan. Wohin er kam, sammelte er die Kleinen um sich, lehrte sie schreiben und lesen, wozu er noch auf seine Kosten das Material besorgte und die Vorschriften selber vorschrieb. Am Schluß aber des Unterrichtes pflegte er zu „katechisieren", d. h. die Kinder in den zehn Geboten und in der biblischen Geschichte zu unterweisen. Daß er dabei auch auf das Gemüt einwirkte und wahre Herzensbildung zu erzielen suchte, werden ihm noch viele in ihrem späteren Leben gedankt haben. Daß er jedoch nicht selten die Gemüter der Kleinen aufregte, indem er so zu sagen Bekehrungsexercitien mit allem methodistischen Aufwand, Sündenbekenntnis, Bußkampf und Reuethränen anstellte, können wir nur bedauern, nicht billigen. Glücklicherweise scheint er nüchtern genug gewesen zu sein, um sich hier immer wieder Zügel anzulegen. Jedenfalls wußte er sich in seltener Weise die Liebe und Zuneigung der Kinder zu erwerben, sodaß sie gern und willig zu ihm kamen, um zu lernen und sich „katechisieren" zu lassen. Auch die Kleinsten wußte er in seiner herzigen Weise an sich zu ziehen, und rührend ist es zu lesen, wie ein kleines Bübchen, während er mit den Erwachsenen disputierte, sich an seine Kniee schmiegte und fortwährend mit den großen, glänzenden Augen nachdenklich zu ihm aufschaute. Als er sich zum Fortgehen anschickte, klammerte sich's fest an ihn und wollte durchaus mitgehen, obwohl die andern es damit schrecken wollten, daß es dann „ja Schweinefleisch essen müsse."

In seiner Teilnahme für den Unterricht der Jugend drängte Händeß bei den jüdischen Gemeinden auf Errichtung ordentlicher Schulen, wobei er freilich bei der Armut nicht minder wie bei der Gleichgültigkeit der Beteiligten wenig Gehör fand. Gleichzeitig befürwortete er bei seinem Komitee die Anlage von Freischulen für jüdische Kinder. Er kam damit einem in Berlin selber gehegten, von England aus geförderten Wunsch entgegen. Es sind denn auch von der Berliner Gesellschaft mehrfach solche Schulen angelegt worden, so in Lissa, Posen, Pinne und mit Hilfe der dortigen Hilfsgesellschaft in Danzig. Sie erwiesen sich, wie hier gleich angedeutet sein mag, später als verfehlte Unternehmungen, die nach etlicher Zeit wieder aufgegeben werden mußten. An der Schule in Danzig hat Händeß die letzten Jahre seines Lebens gewirkt und viel Zeit und Sorgfalt darauf verwendet. Doch wir brechen für jetzt die Besprechung der Mittel, durch welche Händeß auf Israels Bekehrung hinzuwirken suchte, ab, um einen Blick auf seine indirekte Missionsarbeit, also auf seine Thätigkeit unter den Christen zu werfen.

Ein großes Hindernis für die Ausbreitung des Evangeliums unter Israel bildete nach Händeß' Erfahrung der Zustand der Christenheit selber, ihr Mangel an religiöser Wärme und ernst-sittlichem Leben. In seinem Tagebuch vom Dezember 1827 bemerkt er dazu: „Sehr schmerzlich traf uns stets, sowohl für uns selbst als für unsre Mitchristen, der Vorwurf Israels, so oft wir Buße, Wiedergeburt, Vergebung der Sünden predigten, daß ja das Christentum, welches wir verkündigten, in der Wirklichkeit nicht zu finden sei, daß das Leben und der Wandel der Christenheit nicht davon zeuge, daß sie erlöst sei, sondern [davon, daß sie] noch den Sünden des Unglaubens und andern Lastern diene; daß sie noch nicht gekommen wäre zu dem Bund, den Verheißungen und Testamenten der heiligen Patriarchen, und zur Bürgerschaft Israels, ja vielmehr Israel hasse und es vom Glauben an den Heiland durch Ärgernis der Sabbathschändung und anderes abhalte. Diese zum Teil gerechten Vorwürfe mußten uns für uns und unsre Mitchristen ins Gebet treiben und zugleich auf eine indirekte Wirksamkeit von selbst hinleiten, ... nämlich auf die Wirksamkeit unter den Christen."

Diese indirekte Wirksamkeit hat er sich denn auch mit großem Fleiße angelegen sein lassen. Als Mittel dienten ihm hier gleichfalls Bibel- und Traktatverbreitung, sowie die öffentliche Predigt. In längerer Ausführung hat er a. a. O. auf die Bedeutsamkeit derselben hingewiesen. Die betreffenden Worte scheinen uns noch heute überaus beachtenswert und zugleich wichtig für die Beurteilung ähnlicher Bestrebungen der neueren Zeit. Gleiche Mängel rufen oft gleiche Erwägungen zur Abhilfe hervor. Noch heut ist die Halbherzigkeit und Kaltherzigkeit der Christen ein schmerzliches Hindernis für die Bekehrung der Juden. Kein Wunder, wenn die Missionsleute auf eine entschiedene Bekehrung und Belebung der Christenheit hindrängen und selber auch dazu mithelfen wollen, namentlich unter den Diasporagemeinden im östlichen Europa. Niemand wird sie darum tadeln, im Gegenteil, die Kirche muß ihnen Dank dafür wissen. Verkehrt jedoch ist es, wenn einige von ihnen diese Nebenarbeit zur Hauptsache erheben und mit einer gewissen Scheu jeder direkten Einwirkung auf Israel aus dem Wege gehen. Als ob man mit der Mission unter den Juden zu warten hätte, bis erst die Christenheit von Grund aus bekehrt ist! Das heißt entschieden zu weit gegangen. Hier sollte man bei Händeß in die Schule gehn und rechte Nüchternheit lernen. Obwohl unter ähnlichen Verhältnissen wie die Neueren arbeitend und gleich wie sie davon durchdrungen, daß eine wirksame Mission an Israel ohne eine gleichzeitige Mission an der Christenheit nicht gut möglich sei, hat er sich doch nie verleiten lassen, letztere Arbeit auf Kosten der ersteren un= gebührlich zu bevorzugen. Doch lassen wir ihn nun selber reden.

„Die Traktatverbreitung an und für sich unter Christen macht die Israeliten darauf aufmerksam, daß es uns nicht um bloße Proselytenmacherei unter den Juden, sondern um Beförderung des wahren Heils der Menschheit ohne Ansehen der Person überhaupt, durch Zerstörung des Reiches der Finsternis und Beförderung des Lichtreiches Gottes zu thun ist. Der Jude sieht sich dadurch mit in ein Werk der Liebe Gottes eingeschlossen, welche will, daß niemand verloren werde, sondern daß sich jedermann zur Buße kehre und lebe. Er kann wenigstens daran sehen, daß es uns nicht um Ver= kehrung, Überredung zu gewissen Überzeugungen, Religions= changement oder wie man es nennen will, sondern um Sinnes= änderung, gründliche Sündenerkenntnis und Geisteserneuerung zu thun ist. Jeder Sünder, wenn er sich nicht seinem Mit= sünder, der oft noch leichtsinniger als er auf dem breiten Wege einherwandelt, mit Verachtung und Splitterrichterei untergeordnet sieht, faßt eher Zutrauen zu der Stimme, die ihn mit Liebe und Bekenntnis des eigenen Elends vom Ver= derbenswege abruft und von dem Heilande zeugt, der Buße und Bekehrung (im eigenen Herzen) wirkt oder gewirkt hat. Daher ward die Traktatverteilung unter den Christen oft das Mittel zur Anregung der unter ihnen wohnenden Juden. Dieselben baten auch um Büchlein und fühlten sich nicht selten zurückgesetzt, wenn wir ihre Wünsche . . . nicht befriedigen konnten." — Von der öffentlichen Predigt heißt es: „Sei es, daß wir geradezu Buße und Bekehrung predigten ohne oder mit Rücksicht auf Israel, — die anwesenden Juden sahen doch aus dem, was den Christen not thut, daß es uns nicht verborgen ist, was uns fehlt, woran es liegt, daß wir weit hinter dem vorgesteckten Ziel zurückblieben, wie schrecklich die Folgen davon sind, und wie wir auf dem vom Herrn vorgezeichneten Heilswege ringen müssen, einzugehen zur engen Pforte durch Wiedergeburt und Erneuerung im Geist. Sie sahen daraus, daß dieser einzige Weg zur Seligkeit als unabläſſige Bedingung des Heils allen gefallenen Adamskindern ohne Unterschied in Mose und den Propheten des alten Bundes wie in der Erfüllung im neuen Bund von Gott verordnet ist. Ermahnungen an die Christenheit zur Liebe gegen Israel, Gebete für aller Menschen Bekehrung und Beseligung, insbesondere für Israel, hatten, wie wir hernach erfuhren, so manchen Sohn oder Tochter Abrahams zur richtigeren Beurteilung unsers Berufs geleitet." — "Ebenso wichtig waren für Juden und Christen die Missionspredigten, wo der Zweck der Missionen im Allgemeinen und insbesondere der Judenmission ins Licht gestellt wurde. Die Verherrlichung des Gottes Israels nach seinen Verheißungen in seinem eingeborenen [Sohn] Jesu von Nazareth bis an der Welt Ende in Mitteilungen aus den Missionsberichten hatte ihre Segenswirkungen für Juden und Christen. Die ersteren sahen, in welchen ihre Väter gestochen hatten, die letzteren nicht selten, wie fremd sie ihrem eignen Glauben und ihrem Heilande und seinen Segnungen geworden waren. So wurde bei den Christen der Judenhaß und die Selbstüberhebung gedämpft, und der Jude lernte in dem Christen den von den Segnungen des Bundes Abrahams und des wahren Israels mit Gott [nicht] abgewichenen Glaubensverwandten erkennen, mit dem er ja nur Ein Ziel der Berufung hat, Jerusalem, die himmlische, die freie, die unser aller Mutter . . . Sodann wurden auch unsere Mitchristen nicht nur vor dem Ärgernis und Anstoß gewarnt, den Israel nimmt, sondern auch auf die Segensverheißungen aufmerksam gemacht, die Israel gegeben sind und noch an ihnen in Erfüllung gehen sollen, sobald sie an den Heiland glauben werden, und dadurch nicht nur ihr Interesse an diesem alten Volke Gottes, sondern auch ihre Teilnahme und Liebe für dasselbe zur Mitwirkung an der Beförderung des Heils desselben in Anspruch genommen.... Jeder Israelit, der das hört, sieht, wenn er vorurteilsfrei ist, ein, daß die Mission weit entfernt ist, das Unheil, den Abfall Israels von dem Gott seiner Väter herbeizuführen, ja vielmehr in Christo Jesu es zur Quelle aller seiner Seligkeiten und Segnungen hinleitet, die ihm vorbehalten sind im Evangelio. So fanden wir bei Israel Zutrauen und Liebe, wo nicht eiserne Vorurteile es verblendeten; und an den Christen erreichten wir den Zweck, sie auf ihre Pflichten gegen sich selbst und das Volk Gottes aufmerksam zu machen." So durfte er's wiederholentlich erleben, daß gläubige Christen sich anläßlich der empfangenen Anregung selber gedrängt fühlten, vor den Juden Zeugnis von Christo abzulegen und in ihrer eigenen Wohnung für solche, die sich scheuten mit den Missionaren direkt in Verbindung zu treten, religiöse Zusammenkünfte zu veranstalten, eine Mitarbeit, wie man sie sich nur recht reichlich wünschen möchte.

Beherzigenswert ist endlich noch, was Händeß über das Verhalten der Christen zu den aus Israel Gewonnenen zu sagen weiß. „Vor allem darf die Wichtigkeit eines lebendigeren Interesses der Christenheit an dem Werk der Mission nicht übersehen werden in Hinsicht auf die Stellung der zum Christentum sich hinneigenden Israeliten zu den Christen und insbesondere der Proselyten. Eine für die Sache der Mission gewonnene und vom Geist des Herrn beseelte Christengemeinde .... kann für den Missionar sowohl wie für die dem Evangelio gewonnenen Seelen aus Israel als ein Anhaltsund Anknüpfungspunkt zu einer fortdauernden Segenswirkung der begonnenen Missionsarbeit dienen. Die jungen Glaubenskeime bedürfen der längeren Pflege unter einer brüderlichen Zusprache und Teilnahme, und der aus seinen Volks-, Glaubensund Familienverhältnissen herausgerissene Israelit eine liebende Aufnahme bei denen, die ihm Vater und Mutter, Bruder und Schwester hundertfältig ersetzen sollen, wenn er Vater

und Mutter und alles, was sein ist, um des Herrn willen
wirklich verlassen hat. Nur Gläubige, denen ihr eignes
Seelenheil wahrhaft am Herzen liegt, können mit aus=
dauernder Geduld, treuer Liebe und weiser Aufmerksamkeit
auf die Herzensstellung des israelitischen Bruders mit dem
ihrigen zugleich auch sein ewiges Heil zu fördern bemüht
sein. Ihnen wird die eigne Erfahrung des inneren Lebens
im Geist die Fähigkeit, und der kindliche Glaube an das
Wort des Herrn die Kraft zu solchem Werke ... darreichen,
[ihm] mitzuleben und selbst die Eigentümlichkeiten des jüdischen
Nationalcharakters, die den natürlichen Menschen oft zurück=
stoßen und hart oder gleichgültig, wenn auch nicht immer stolz
oder feindselig gegen die Juden stimmen, tragen zu können,
bis auch diese durch den völligen Durchbruch desto herrlicher
ins Bild Christi verklärt sind. — Der Naturmensch ver=
zweifelt am Gelingen eines Werkes des Herrn an anderen
Seelen, solange er noch nicht selbst erfahren hat, wieviel Mühe
er dem Herrn machte mit seinen Sünden; oder er will fabrik=
mäßige Bekehrungsanstalten, wo durch die Taufe aus Juden
Christen gemacht werden sollen nach zwei oder drei Gesprächen.
Doch der Geist des Herrn muß den armen Sünder ja [selbst
erst] retten und hat oft bei seinen Gläubigen noch viel zu
schaffen, ehe er sie, wie einen Brand aus dem Feuer, errettet
hat. Wie wichtig also die Missionspredigten unter den
Christen und Juden zugleich, damit sie sich des Berufs, den
dieser Name [nämlich der Name Christ] mit sich bringt, in
Beziehung auf sich selbst wie auf andere bewußt werden und
unter dem Wirken der Gnade in ihnen zugleich auch die
Verpflichtung [erkennen], sich zu Werkzeugen der Gerechtigkeit
im Dienst des heiligen Geistes hinzugeben! — Soll dies
aber zweckmäßig und dauernd erreicht werden, so muß ent=
weder die Teilnahme der respektiven Herren Geistlichen der
von Missionaren besuchten Orte für die Fortsetzung des
Werkes an Israel liebend in Anspruch genommen werden,
wie der Herr es an mehreren Orten gelingen ließ; oder wo
dergleichen Bemühungen teils nicht der Ansicht der Herren

Geistlichen entsprechen, oder die Sorge für die an sich schon oft kaum übersehbaren Sprengel der polnischen evangelischen Gemeinden diese fremdartige Wirksamkeit nicht zuläßt, [mag] lieber in gewissen größeren Judengemeinden ein stationierter Missionar angestellt werden. Je mehr dergleichen fixierte Punkte zweckmäßig in dem Missionsfelde gewählt und eingerichtet werden, desto mehr können dann auch die reisenden Missionare sowie die Missionsarbeit überhaupt Festigkeit in ihrem Unternehmen haben. Für die Christen, für die Proselyten, ja für die übrige Diaspora der Judengemeinden gewinnt das ganze Missionsfeld Anhaltspunkte, wo Unterricht erteilt werden und die Frucht des Geistes gepflegt werden kann. Durch die innere Befestigung wird dann gewiß auch die äußere Teilnahme, je mehr man den Segenserfolg sieht, in der Christenheit geweckt. Nur daran ließe sich der Gedanke an allmähliche Gründung von kleinen Judenchristen-Gemeinden anknüpfen, wenn diese dauernden Halt haben sollen. Solchen Missionsstationen können die reisenden Missionare nur durch häufigere Besuche gewisser Distrikte vor- und in die Hände arbeiten, wie die Erfahrung in dem Missionsfelde des russischen Polen hinlänglich bewiesen hat, sowie auch die Posener Station. Sehr gern würde ich die Ansicht des Herrn von Gerlach* teilen, daß auch die reisenden Missionare so lange an einem Orte bleiben könnten, bis dort eine Gemeinde gewonnen wäre. Allein dazu gehören Jahre, nicht Monate allein, und Pfleger, die weiter fortsetzen, was begonnen ist im Herrn, und noch so manche Begünstigungen und Veranstaltungen, die hier nicht erwähnt werden können, sondern durch die Erfahrung selbst an die Hand gegeben werden müssen, — ich gedenke nicht des überschwänglichen Maßes des Geistes der heiligen Apostel. Den reisenden Missionaren liegt es ob, aufs Ganze zu wirken. Je mehr dies aber extensive geschehen muß, desto weniger kann es . .

---

* [Kammergerichtsrat O. von Gerlach, seit 1827 Mitglied des Komitees.]

intensiv geschehen. Freilich fällt diese Wirksamkeit weniger in die Augen, kann oft nur momentan sichtbar werden, hie und da anregen und vorbereiten, aber nicht vollenden. Einer säet, der andere erntet; einer pflanzt, der andre begießt. Der Herr aber Alles in Allem, denn von Ihm kommt der Sonnenschein des Gedeihens. Unter diesem höhern göttlichen Walten muß das Saatkorn des Lebens, auf Hoffnung wider Hoffnung gestreut, oft unter einer Schneerinde der Unbewußtheit wie im Winterschlaf eine Zeitlang verborgen liegen, ersterben, entkeimen und durch manche sichtbare und unsichtbare Gefahren, Stürme und Unwetter bis zur vollen Ähre heranreifen. Sehr wichtig ist also . . . die Begründung gewisser Missionsstationen, wo in stiller Verborgenheit die Keime des ewigen Lebens, in so manchem Herzen gepflegt, heranwachsen können, bis sie stark genug sind, hervorzutreten in der Kraft Dessen, der ihrer von oben her pfleget, und so den Stürmen widerstehen können. Mondenlanger Aufenthalt ist meiner Ansicht nach für Gemeindbegründung zu kurz, und jahrelanges Verweilen an Einem Orte für reisende Missionare zu lang bei dermaliger Lage der Dinge." . . .

„Sehr gern [indes] bescheide ich mich, mich von jeder Projektiererei zu enthalten, zu fest überzeugt, wie alles menschliche Wirken ohne den Herrn nichtig und sündlich ist. Aber ich weiß auch, daß in Deß Hand, der das A und O des Glaubens ist, ja, der selbst in uns wirket beides, das Wollen und Vollbringen, auch die unbedeutendsten Mittel und Werkzeuge Etwas, und zwar ein gesegnetes Etwas sein können. Lassen Sie uns daher nur Ihn nicht aus den Augen und dem Herzen verlieren, sondern im beständigen Aufschauen des Gebets recht lebhaft empfinden, was er spricht: Ohne mich könnet ihr nichts thun. O daß doch unser Anfang und Ende nur immer Er wäre; unser Beginnen Gebet, und unsre Arbeit die Frucht unsers Gebetes, unsre Hoffnung der Segen unsers Gebetes, unsre Kraft das Atmen des Gebetes im Geist und in der Wahrheit wäre! Herr hilf uns; wir schauen auf dich wie die Augen der Knechte auf die

Hände ihrer Herren. Segne du das Werk unsrer Hände. Amen."

Soweit Händeß' eigne Ausführungen. Wir glaubten sie um ihrer Bedeutung willen möglichst wörtlich wiedergeben zu sollen. Die Thätigkeit des begabten Predigers ist auch in dieser Beziehung nicht ungesegnet geblieben. Manch Samenkorn ist auf den Acker auch der Christenheit gefallen, manch Herz wurde über der Verkündigung des göttlichen Wortes gestärkt und erquickt, manch schlummerndes Gewissen durch ihn aufgeschreckt und zur Besinnung gebracht. — Es war in einer Ortschaft im Posenschen. Nach längerm Aufenthalt dort schickte er sich wieder zur Abreise an. Am Abend zuvor, nachdem er sich bereits bei Juden und Christen verabschiedet hatte, hielt er noch eine stark besuchte Bibelstunde in seinem Quartier. Die Zuhörer wurden durch sein Wort tief erschüttert, und die meisten weinten. Da rief der Missionar in der Bewegung seines Herzens: „So gehet denn hin, Geliebte, in Frieden. Der Friede Gottes wohne in euren Hütten und bleibe über euch. Haltet eure Kleider bereit als die Menschen, welche auf ihren Herrn warten. Seid gegürtet an euren Lenden und versehen mit der Leuchte des Glaubens auf den Tag der Zukunft des Herrn und der Offenbarung der Herrlichkeit der Kinder Gottes!" Mit diesen Worten verließ er die Versammlung und eilte in seine Kammer, um dort dem Herrn für das angefangene Werk der Gnade zu danken. Da stürzte ein Mann herein, umfing ihn schluchzend und rief: „Bleibe bei uns, denn es will Abend werden und der Tag hat sich geneiget." Mehr konnte er nicht reden, denn ein Strom von Thränen erstickte seine Worte. Draußen aber stand die ganze Versammlung vor der Thür und wollte nicht von bannen gehen, ehe sie nicht Händeß noch einmal gesehen. Ihr Verlangen zu stillen, trat er hervor unter sie mit den Worten: „Friede sei mit euch!" Alle drängten sich zu ihm, drückten ihm weinend die Hand und dankten schluchzend für alle Tröstung und Lehre, die sie aus seinem Munde empfangen hatten. Händeß konnte nur mit dem demütigen, tief bewegten Bekenntnis scheiden: „Ach, ich bin ja ein unnützer Knecht und habe nur gethan, was ich zu thun schuldig war." In seinem Stübchen wartete sein dann noch eine stille Freude. Er fand hier eine ganze Reihe von Geschenken vor, die seine Freunde, zum Teil ohne ihren Namen zu nennen, für ihn abgegeben hatten.

Erfahrungen wie diese blieben keineswegs vereinzelt. Aus den verschiedensten Gemeinden kamen Bitten an ihn, das Pfarramt bei ihnen zu übernehmen. Die Gemeinde zu Buk bei Grätz reichte eigens durch ihre Vorsteher bei dem Komitee in Berlin das Gesuch ein, „dem so beliebten und allgemein hochgeehrten Redner Herrn Prediger Händes... geneigteft bewilligen zu wollen, daß selbiger wenigstens drei oder vier Monate in unserer Mitte verleben möge, weil wir uns mit der angenehmen Hoffnung erfreuen, daß wir alsdann die schönste und herrlichste geistige Nahrung zu genießen im stande sind." Ganz abgesehen von der unzweifelhaft bedeutenden Redegabe des teuren Mannes, welche — getragen von innigstem Glauben an den Heiland und persönlicher Gemeinschaft mit ihm — selten ihren Eindruck verfehlte, sind solche Bitten und Aufforderungen allerdings nur zu verständlich aus dem elenden, teilweise geradezu verwahrlosten Zustand der evangelischen Diaspora im Posenschen. Die wenigen Geistlichen reichten bei weitem nicht aus, die übergroßen Sprengel seelsorgerlich zu bedienen, und unter diesen wenigen waren noch manche Mietlinge. Die hin und her versprengten, von der Muttergemeinde oft meilenweit entfernten Häuflein der Gläubigen blieben sich selbst überlassen, höchstens daß einer aus ihrer Mitte Lesegottesdienst abhielt. Man kann es den Verfassern der eben erwähnten Eingabe wohl nachfühlen, wenn sie sagen: „Schmerzhaft ist es für uns, sehen zu müssen, wie sich die Katholiken in ihre Kirche, ebenso die hier befindliche kleine Judengemeinde in ihre Schule versammelt, und wir uns weder einer Kirche noch eines Geistlichen erfreuen können, wodurch die geistige Nahrung beinahe ganz entbehrt werden muß und wir wie Schafe, die ohne

Hirten, herumwandeln." Aus einer anderen Gemeinde, Kosten, wird berichtet, daß zwar allsonntäglich dort von dem alten Rektor der Schule auf dem Betsaal eine Predigt vorgelesen wurde, aber Jahr um Jahr immer wieder dieselbe Predigtsammlung benützt wurde. Er hatte „schon alle Zuhörer so sehr mit der Sturmschen Postille bekannt gemacht, daß jeder an jedem Sonntag die Predigt zuvor aufsagen konnte." Wer noch irgend geistliche Bedürfnisse hatte, suchte sie daheim durch Lesen der heiligen Schrift zu befriedigen. Aber selbst die war lange nicht in allen Häusern zu finden. Die Leute waren zum Teil bitter arm und konnten auch beim besten Willen nicht die noch immer ziemlich bedeutenden Kosten für ein Bibelbuch aufbringen. Wer irgend eine Postille, ein Erbauungsbuch und wenn's gleich aus der Urväter Zeit gewesen wäre, besaß, hütete es wie einen kostbaren Schatz, wie jene alte Witwe ihr Schmolcksches Gebetbuch dem Missionar als ihren einzigen Trost und ihre Stärkung mit Thränen in den Augen zeigte. Natürlich mußte unter solchen Verhältnissen auch die religiös-sittliche Erziehung der heranwachsenden Jugend leiden. So schreibt Händeß in seinem Tagebuch vom Oktober 1827: „Heute früh hatte ich eins der armen Kinder — gewöhnlich sind hier die armen, verwahrlosten Seelen wie bei den Juden nur immer Mädchen; Knaben sind seltener so ganz unwissend — bei mir, welche nie in ihrem Leben eine Bibel gesehen haben. Ich zeigte ihm eine und machte es mit den Büchern des Alten und Neuen Testaments bekannt. Leider war das arme Kind — ein wenig Lesen, welches es bei der Mutter gelernt hatte, ausgenommen — gänzlich unwissend in der Religion. Armut hatte seine Eltern am Ankauf einer Bibel verhindert. Ein Abc-Buch und ein Katechismus war die ganze Bibliothek des armen Kindes. Es weinte bitterlich über seine unverschuldete Armut und dadurch veranlaßte Unwissenheit. Ein Stein hätte sich mögen erbarmen: ein evangelisches Kind im preußischen Staate, der eine der berühmtesten Bibelgesellschaften aufzuweisen hat, hat bis zu seinem 14. Jahr — und das im 19. Jahrhundert — noch keine Bibel gesehen!" Daß Händeß sich der armen verlassenen Herde nach Kräften, ja über seine Kräfte hinaus annahm, daß er den Gemeinden wie dem Einzelnen, den Erwachsenen wie den Kindern zu dienen suchte mit der Gabe, die ihm gegeben war, und so vielen ein Lehrer zur Gerechtigkeit ward, ehrt ihn aufs höchste. Man sollte meinen, nicht nur die Gläubigen, sondern auch die Geistlichkeit, die kirchlichen Behörden hätten dem treuen Mithelfer innigen Dank gewußt. Aber leider hatte er dort nur wenige Freunde. In diesen Kreisen scheint noch vielfach der alte Rationalismus seine Anhänger gehabt zu haben. Ihm war, wie alles Christliche, so auch die Arbeit an Israel ein Greuel. So brachte die vom Generalsuperintendenten Röhr, dem bekannten Wortführer des Rationalismus, herausgegebene „Predigerbibliothek" 1827 einen Aufsatz über „Getaufte Juden als christliche Prediger," der an Verunglimpfung und gemeiner Verdächtigung der Missionare, speziell der Berliner, das Menschenmöglichste leistete. Kein Wunder, wenn auch Händeß unter diesem Geist zu leiden hatte. Allerlei Verdächtigungen, als ob er Unfrieden unter den Gemeinden stifte, sie dem geordneten Pfarramt abspenstig mache und in sektiererisches Fahrwasser hineintreibe, wurden gegen ihn erhoben. Die größten Schwierigkeiten bei Ausübung seines Amtes wurden ihm in den Weg gelegt, Untersuchungen wurden gegen ihn angestellt wegen Überschreitung seiner Befugnisse, und das Konsistorium verlangte 1834 immer dringender vom Komitee in Berlin, daß es den unbequemen Mann abberufe. Das Komitee nahm sich des ohne Recht und Ursach Verfolgten mit großer Entschiedenheit an und weigerte sich, dem gestellten Ansinnen nachzukommen, was ihm freilich von seiten des — sonst sehr entgegenkommenden — Kultusministeriums einen Verweis wegen der „ungeziemenden" Sprache, die es gegen eine königliche Behörde geführt habe, eintrug. Schließlich sah man sich thatsächlich genötigt, Händeß aus Posen fortzunehmen.

Wir kehren nun wieder zu dem eigentlichen Lebensgang

unseres Händeß zurück. Die kühle, oft feindselige Stellung,
welche die geistlichen Behörden dem Werk der Mission gegen=
über einnahmen, legte dem Komitee schon 1826 die Erwägung
nahe, Händeß durch Erteilung der Ordination fester in den
Verband der preußischen Landeskirche einzugliedern. Dem
vollbürtigen Amtsbruder konnte man doch nicht so viel
Schwierigkeiten machen, vor allem nicht so obenhin die
Kanzel verweigern. Auch bot sich ihm dann erst die Mög=
lichkeit, die von ihm unterwiesenen Katechumenen auch selber
zu taufen. Das Kultusministerium, bei dem man vorstellig
wurde, hatte zunächst Bedenken. Man fürchtete Übergriffe
in die Befugnisse des geistlichen Amtes. Auch war Händeß
von keiner preußischen Kirchenbehörde ordnungsmäßig geprüft
worden. Er hatte nur Ein Examen, das erste, vor dem
Schwarzburg = Sondershausenschen Konsistorium bestanden.
Die Verhandlungen zogen sich bis Mitte 1827 hin; endlich
gab der Minister seine Zustimmung, während gleichzeitig das
Konsistorium zu Berlin sich bereit erklärte, ihm unter Nach=
laß aller weiteren Formalien die Ordination zu erteilen.
Alsbald wurde er aus Wollstein, seinem damaligen Wirkungs=
kreis, nach Berlin berufen.

Die Reise nach der Hauptstadt ward bei seinem uner=
müdlichen Eifer gleichzeitig zur Missionsreise. Ein Beispiel
dafür genüge. In Meseritz kam er früh morgens mit der
Post an und mußte einen kurzen Aufenthalt nehmen. Sobald
ein dem Posthaus gegenüber liegender Laden geöffnet wurde,
wo er zwei Jahre zuvor mit dem Schwiegervater des In=
habers, einem jüdischen Gelehrten, sowie mit einigen Thalmud=
studenten lange disputiert hatte, ging er auf einige Minuten
hinüber. Der Besitzer nahm ihn als alten Bekannten mit
großer Freudigkeit auf. Sie unterhielten sich über das Reich
Gottes. Jener bemerkte, daß er als Synagogenvorsteher
sehr viel zu leiden gehabt hätte, weil er das Christentum
gegen unnütze und gehässige Angriffe seiner Volksgenossen
in Schutz genommen habe. Auf sein Bitten gab ihm Händeß
einige Schriften, darunter das Neue Testament. Das wollte

er zu seiner Sabbathlektüre machen. Zum Dank wollte er dem Missionar Kaffee bereiten lassen, und als jener ablehnte, versorgte er ihn wenigstens mit gutem Schnupftabak, brachte auch einen Korb mit Apfelsinen, aus dem er sich nach Belieben auswählen solle, um doch eine Stärkung für die Reise zu haben. Er sah es als besondern Freundschaftsbeweis an, daß sein Gast fleißig davon Gebrauch machte. Unter Gesprächen über das Reich Gottes verging die Zeit bis zum Abgang der Post. Als der Reisende dann über den Markt fuhr, bemerkte ihn ein andrer Israelit; eiligst sprang er mit freudeglänzendem Gesicht an den Wagen heran, drückte ihm mit vielen Segenswünschen die Hand und sprach sein lebhaftes Bedauern aus, daß Händeß in der Stadt keinen längeren Aufenthalt nehmen könne.

Am 30. Juni gelangte Händeß wohlbehalten in Berlin an. Die Zwischenzeit bis zur endgiltigen Ordnung seiner Angelegenheit verging mit Auffrischung alter und Anknüpfung neuer Bekanntschaften. Von Bedeutung war ihm ein Besuch bei dem alten Professor Kranichfeld. Er schreibt davon: „Mir doppelt teuer als Freund der Freunde und Pfleger meiner Jugend und als Bruder im Herrn, setzte er meine Erinnerung an eine trübe Vergangenheit mit der frohen Gegenwart und einer noch froheren Zukunft auf eine meinem Herzen gesegnete Weise in Verbindung. Ich kannte vormals den nicht, ... der mich erlöset und geliebet hat mit unaussprechlicher Liebe. O wie elend, und doch zugleich überselig ist unser armes Sünderherz, daß es die Liebe des Herrn erst durch sein Elend und durch seine Not erkennen lernt, durch seinen Fall die Hoheit seiner Berufung, durch seinen Tod die Quelle seines Lebens, durch seine Armut den unerforschlichen Reichtum der Gnade Gottes, durch seine Nichtigkeit die ganze Fülle der Gottheit in Christo zu unserm, gerade zu unserm, der elendesten Sünder Heil geoffenbart." Erinnerungen an die Vergangenheit und dankbares Gedenken der erfahrenen Gnade Gottes beschäftigten ihn überhaupt in diesen Tagen ganz besonders lebhaft. Wir können uns nicht verjagen hier noch einen diesbezüglichen Abschnitt aus seinem Tagebuch mit abzudrucken, gewährt er doch zugleich einen Einblick in sein innerstes Denken und Empfinden.

„So sammelte ich mich noch ein wenig in der Stille auf den morgenden wichtigen Tag, wo ich die heilige Weihe empfangen sollte. Wunderbare Fügung jener anbetungs= würdigen unsichtbaren Hand eines Vaters über alles, was da Kinder heißt im Himmel und auf Erden! Sie mußte mich unstät umherwerfen auf den Wogen eines sturmbewegten Lebens, damit ich Ruhe finden möchte für meine Seele! Ich fand sie, die heißersehnte Ruhe, nach schwerem Druck der Sündenlast, die unbewußt in meinem Herzen Schwermut, Angst und Unruhe erzeugte und nun in einzelnen Aus= brüchen dem Bewußtsein in ihrer furchtbaren Höllengestalt sich offenbarte. Noch vor wenig Jahren hätte ich es nicht geglaubt, wenn mir jemand gesagt hätte, was morgen ge= schehen sollte. Ich fühlte mich tief gebeugt und voller Be= schämung ob der unverdienten Gnade und konnte den Tag nur segnen, der mir die Schlüssel zu dem Glaubensschatze Christi verhieß.

Lobt Gott, den Herrn der Herrlichkeit!
Ihr, seine Knechte, steht geweiht
Zu seinem Dienste Tag und Nacht,
Lobsinget seiner Ehr' und Macht.

Hebt eure Hände auf und geht
Zum Throne seiner Majestät.
Der Herr ist nah im Heiligtum;
Anbetet seines Namens Ruhm.

Gott heilg' auch mich in seinem Haus!
Er segne mich von Zion aus.
Der Himmel schuf und Erd' und Meer, —
Frohlockt! — ist aller Herren Herr.

Dir dienen, Herr, ist Seligkeit.
Wohlan, mein Herz ist dir bereit.
Dir folgt es nach, von dir holt's Kraft
Zu treuer, tapfrer Ritterschaft.

Wo du bist, ist dein Diener auch,
Dir, Herr, zu täglichem Gebrauch.
Wo du bist, wird er einst auch sein
Zu ewig seligem Verein.

Dies Gebet* konnte ich freilich nur schwach stammeln. Doch der Herr erhöret Gebet. Das ist mein Trost. Amen."

Die Ordinationsfeier fand am 6. Juli in der St. Nikolai-Kirche statt, nachdem Händeß zuvor noch vor zahlreich versammelter Gemeinde über 2. Mos. 17, 15—16 gepredigt hatte. Mit ihm erhielten zugleich drei andre Kandidaten vom Konsistorialrat Nikolai die Weihe zum geistlichen Amt. Die heilige Handlung machte auf sein empfängliches, ohnehin leicht bewegliches Gemüt einen tiefen Eindruck. Der Tag selbst ward zu einem Markstein in seinem Leben. Denn nun wußte er sich erst so recht eigentlich berufen zum Dienst des Herrn, wußte, daß sein Gott ihn brauchen wolle zu heiligem Werk und mit Segen und Gnade ihn geleiten werde. Das gab ihm neuen Mut und neue Spannkraft, neuen Glauben, neues Hoffen. Und war er zuvor schon einer der bedeutendsten Missionsarbeiter unter Israel, so zeigen ihn die nächstfolgenden Jahre auf dem Höhepunkt seines Wirkens, bis dann sein Feuereifer unter körperlicher Schwäche und dem Druck widriger Verhältnisse allmählich ermattet und endlich von einer tückischen, tödlichen Krankheit gänzlich gebrochen wird.

Gegen vierzehn Tage verblieb Händeß noch in Berlin, nicht unthätig, sondern beinahe jeden Tag predigend, ein Zeichen seiner Begabung nicht minder wie seiner unermüdlichen Arbeitskraft. Man hatte in der Hauptstadt damals bis hinauf in die höchsten Kreise eine recht lebhafte Teilnahme für das Missionswerk an Israel; allenthalben wollte man den Missionar predigen hören, allenthalben ward er zu

---

* Es ist wahrscheinlich von H. selbst gedichtet. Vergl. die beiden anhangsweise mitgeteilten Lieder.

Gesellschaften geladen, von seinen Erlebnissen zu erzählen. Er folgte gern, wenn man ihn rief; die meiste Freude aber machte es ihm, seinen geistlichen Vater Jänicke einige Male auf der Kanzel der Bethlehemskirche vertreten zu dürfen.

Gestärkt und erquickt von solch liebender Teilnahme begab er sich dann auf sein eigentliches Missionsfeld, das Großherzogtum Posen, zurück. Dort verblieb er bis gegen Ende 1834, bald an diesem, bald an jenem Ort Wohnung nehmend, namentlich in Buk, Lissa, Grätz und Samoczyn längere Zeit verweilend. Eine längere Unterbrechung erfuhr seine Thätigkeit durch eine Krankheit, die ihn 1829 schwer darnieder warf und noch im folgenden Jahr nicht ganz gehoben war. Eine Reise nach Marienbad im Sommer 1830 brachte ihm wenigstens bedeutende Besserung. Er konnte bei der Jahresfeier am 31. August wieder predigen und gegen Ende des Jahres in seine ihm so lieb gewordene und von Gott so reich gesegnete Arbeit von neuem eintreten. Die Art dieser Arbeit ist im Vorhergehenden schon genügend gekennzeichnet. Nur dies und das, Freudiges wie Leidiges, sei noch aus den Tagebüchern dieses Zeitraums nachgetragen.

In Wollstein ward er mit dem dortigen Synagogenvorsteher bekannt, einem klugen, welterfahrenen Mann. Man sprach zuerst über die Verachtung, unter welcher die Juden bei den Christen zu leiden hätten. Als Kuriosum führte der Alte an, daß in Sachsen und Thüringen auf den amtlichen Zolltarifen als steuerbare Objekte angeführt würden: Pferde, Kühe, Schweine und — Juden! Dann kam er auf den christlichen Glauben zu sprechen, und es zeigte sich, daß er mit dem Inhalte des Neuen Testamentes wohl vertraut war: er hatte es als Kind in einer christlichen Schule kennen gelernt. In den eigentlichen Geist desselben war er freilich nicht eingedrungen. Er meinte ein Christ zu sein, wenn er jedem ohne Unterschied des Bekenntnisses die Seligkeit zuspräche, wofern jener nur rechtschaffen lebe. Händeß zeigte ihm, daß, wenn Rechtschaffenheit und Gesetzeserfüllung, auf welch letzterer doch die Verheißung des Lebens ruhe, gleichbedeutend seien, kein Mensch selig werden könne, weil sie allzumal Sünder seien, und bezeugte ihm dagegen die Glaubensgerechtigkeit, die allein vor Gott gilt und sich in Jesu Wunden gründet. Der andre hörte ihm über eine Stunde lang zu und bedankte sich beim Fortgehen „mit Wärme" für die empfangene Belehrung.

Aus demselben Ort berichtet er: „Gegen vier Uhr ging ich zu den Juden. Ich fand im Wirtshaus einen Greis von ehrwürdigem Aussehen. Wir setzten uns traulich neben einander, während sich mehrere Juden um uns her versammelten. Ich sagte ihm auf hebräisch, daß ich gekommen sei, an diesem Trauertage, wo die Tochter Zion in Staub und Asche sitze,* „die Braut zu erfreuen." [Israel nennt sich die Braut, die auf den Bräutigam hofft und nach ihm trauert.] Der liebe Alte freute sich. Ich fragte, ob er es wohl gern hören würde, wenn ich ihm sagte und versichern könnte, daß der Trost Zions erschienen sei. Er: Ja! Ich schlug nun 1. Mose 49, 10 auf und bewies, daß Messias in der Person Jesu von Nazareth, dem die Völker anhangen, erschienen sei. Der Alte staunte die sich ihm aufdrängende Wahrheit an und fragte, wie das möglich sei. Er wollte aus Hohelied Salomonis beweisen, daß Messias kommen werde, wenn Israel der Versuchung, sich taufen zu lassen, widerstehen würde. Ich zeigte aus Kap. 6, 12 das Gegenteil und führte noch andre Stellen an. Darauf betete er den 139. Psalm. Ich sprach nun mit ihm über die wahre Buße und den Trost der Sündenvergebung durch Christi Blut und Gerechtigkeit, bis er zur Schule zum Gebet ging. Ich kann sagen, daß ich Freude an dem lieben Greise hatte."

Nicht immer freilich hatte er solche Freude: Im Gegenteil, es gab derer genug, die ihm heftig und feindselig widerstanden. Gleichfalls in Wollstein hatte eine angesehene christliche Dame, die mit Teilnahme seine Arbeit verfolgte, eine

---

* Gemeint ist der 9. Ab, der Tag der Zerstörung Jerusalems.

Anzahl jüdischer „Gelehrter" aufgefordert, in ihrer Wohnung mit Händeß sich über ihren Glauben auszusprechen. Unser Missionar war keineswegs damit einverstanden, weil er von solcher Disputation nicht viel Ersprießliches erwartete. Doch mochte er sich nicht geradezu zurückziehen. Über den Verlauf der Sache berichtet er weiter: „Gegen 3 Uhr sandte ich unsern Aufwärter zu Madam P., zu erfahren, ob die Gelehrten versammelt seien, und erhielt zur Antwort, daß einer da sei. Ich ging daher hin. Allein ich fand einen der ununterrichtetsten hiesigen Kaufleute dort, der sogleich seine völlige Unbekanntschaft mit der Religion und hebräischen Sprache als Entschuldigungsgrund vorbrachte, warum er sich auf garnichts einlassen könnte. Dagegen führte er mich zu einem hiesigen jüdischen Gelehrten Lewi. Dort versammelten sich bald mehrere Juden und Jüdinnen, und über Jesaja 52, 1 fingen wir an, erstlich die Basis zur Auslegung der Propheten festzustellen. Allein schon an diesem Verse konnte der fleischliche Sinn der rationalistischen Thalmudisten — die unglücklichste aller Gattungen — sich nicht in die Ansicht eines himmlischen Jerusalems finden, das Gott und nicht Menschenhände gebaut haben. So trat durch die Dazwischenkunft eines anderen Gelehrten der heftigste Disputiergeist jeder milderen, ruhigeren Beurteilung der Wahrheit entgegen. Vergebens hielt ich den Fluch des Gesetzes vor. Er machte blasse Gesicher und augenblickliche Ruhe; aber so oft ich Jesu Blut und Wunden als den Balsam von Gilead nannte, wurden alle wieder verbittert und wiesen jeden Segen mit eiserner Stirn und steinernem Herzen zurück. So hatte ich Mühe gesäet und Wind geerntet und beneidete den Bruder Ball um seinen friedlichen Besuch der lieben beiden Seelen, die er mit großem Segen bearbeitet hatte. Alle dergleichen Disputationen, die vor den Augen der Menschen und durch menschliche Veranstaltung geschehen, tragen das Gepräge menschlicher Leidenschaft, daher sie selten gesegnet sind."*

---

* [Eine Erfahrung, die noch heute gilt. — B.]

Sehr niedergebeugt verließ ich dieses Haus, welches die Botschaft des Friedens nichts geachtet hatte, und bat den Herrn, im Schloßgarten auf und abgehend, daß er alles zum Segen wenden wolle und mich in Zukunft vor menschlichem Eifern mit Unverstand behüten. Abends war ich stille im Gebet für Israel."

Aus Buk endlich berichtet er am 14. September 1832 gleichfalls von einer erfolglosen Disputation. Auf dem Markt war er mit einer größern Anzahl Juden ins Gespräch gekommen, nach seiner Weise des Evangelium verkündend. Sie aber mochten nichts hören und widerstanden ihm hart. „Es gelang mir zwar, den Juden aus ihrem Gesetz, worauf sie sich beriefen, zu beweisen, daß der Heiland das Endziel des Gesetzes sei. Einer meinte, ein wahrer Jude könnte niemals Christ werden. Andre waren der Meinung, man müsse zwar Christo und dem Evangelium, soweit dieselben das Heidentum zerstört hätten, alle Achtung zollen; nur für Juden sei das nichts: die hätten schon eine wahre Religion und brauchten keine andere. Das Christentum sei eigentlich nur eine Vorbereitung zur Judaisierung der ganzen Welt. Alle Beweise für die Notwendigkeit der Bekehrung aller Menschen zum Evangelio wurden vorgebracht, ohne daß auch nur Einer eine gegründete oder, da es die nicht giebt, wenigstens scheinbare Widerlegung dagegen aufzubringen instande war. Man blieb bei seiner Behauptung, der Jude sei etwas Stabiles, Unveränderliches u. s. w. Ich predigte nun eifriger; da gingen alle davon mit der Äußerung: Sie werden keinen von uns bekehren. Ich aber sagte ihnen: Ihr mögt wollen oder nicht; die Schuld ist eure, wenn ihr nicht wollt, und wider den Stachel könnt ihr auch nicht löcken. Einer unter ihnen schrie laut: ‚Wie Sie wollen, daß wir uns bekehren sollen, wird es kein einziger thun.' Ich erwiderte: Wie Gott es will, von ganzem Herzen, von ganzer Seele und ganzem Gemüt, durch seinen heiligen Geist erneuert. — Da ging auch er davon."

Wir kommen nunmehr zu dem letzten Abschnitt in

Händeß' Leben und Wirken. Er beginnt mit der Übersiedelung nach Danzig 1834. Mancherlei Gründe wirkten zusammen, sie herbeizuführen. Die feindselige Stellung der kirchlichen Behörden ist schon oben erwähnt. Aber auch bei den Juden fand Händeß nicht mehr wie früher gesegneten Eingang. Sie wurden kühler, ablehnender. Man hatte sich allgemach an ihn gewöhnt und das Interesse an ihm und seiner Predigt verloren. Naturen, wie die seine, feurig, leichtbeweglich, mögen auch weit mehr geeignet sein, die Gemüter anzuregen, als dauernd zu fesseln. Thatsache ist jedenfalls, daß sein Komitee mit seiner Thätigkeit in Samoczyn, wo er zuletzt weilte, wie in Posen überhaupt nicht mehr recht zufrieden war und ihm nahe legte, sich einen andern Wirkungskreis, etwa in Westpreußen, auszusuchen. Händeß fühlte sich gekränkt, da er sich schuldlos wußte. Dies und eine langwierige, schmerzhafte Krankheit, die ihn gerade damals schwer heimsuchte, erklärt die gereizte Stimmung seiner Briefe, mit denen er die Vorschläge des Komitees beantwortete. Dasselbe mußte jedoch, bei aller freundlichen Rücksichtnahme, die man einem bislang so treuen Arbeiter schuldete, auf seinem Wunsch bestehen bleiben, um so mehr als allerlei böse Gerüchte über seinen Lebenswandel umgingen, die, wenn auch völlig erdichtet und erlogen, doch seine Wirksamkeit in dem alten Missionsgebiet lahm legen mußten. Man gab ihm deshalb Befehl, an Stelle Wedemanns, der nach Niederschlesien versetzt wurde, die Leitung der Berliner Missions-Freischule in Danzig zu übernehmen. Händeß antwortete äußerst gereizt mit seinem Entlassungsgesuch. Dasselbe wurde nicht angenommen. Als die Stimmung beiderseits eine ruhigere geworden, einigte man sich wieder; der Missionsprediger blieb und ließ sich nach Danzig versetzen. Ungern nur und trüber Ahnungen voll verließ er die alten, ihm lieb gewordenen Stätten, um in eine neue, ihm doch im ganzen ungewohnte Arbeit einzutreten. In einem Brief aus Bromberg vom 14. November 1834, in dem er seine Abreise von Samoczyn anzeigt, bemerkt er dazu: „Ich reise nun nach Danzig. Doch Gott weiß, mit welchem Gefühl meines Unvermögens, meiner Armut und Elendigkeit. Thut der Herr nicht ein Werk ganz besonderer Gnade an mir, so wird mir bange, denn ich bin ganz auf das Wort der Verheißung geworfen: Laß dir an meiner Gnade genügen, denn meine Kraft ist in den Schwachen mächtig."

Die Missionsschule in Danzig war mit englischem Geld errichtet worden und wurde zum Teil auch von englischen Missionsarbeitern bedient. Doch stand sie in einer gewissen Abhängigkeit von der Berliner Gesellschaft und wurde auch von einem Missionsprediger derselben geleitet. Über ihre Einrichtung, sowie über Ziel und Lehrplan läßt sich Genaueres nicht bestimmen. Unterrichtet wurde an ihr, und zwar unentgeltlich, in Schreiben, Lesen, Rechnen, Deutsch, Hebräisch, Geographie, weiblichen Handarbeiten und vor allem in Religion. Der Geist, welcher die ganze Anstalt durchwehte, war selbstverständlich ein christlicher; im Religionsunterricht wurde die biblische Geschichte alten und neuen Testamentes behandelt. Trotzdem schickten nicht wenige Juden ihre Kinder dorthin, weniger aus Neigung zum Christentum, als weil den Kleinen da Gelegenheit geboten wurde kostenfrei etwas Tüchtiges zu lernen. Anderweit hatten sie diese nicht. In die öffentlichen Schulen wurden anscheinend keine Judenkinder aufgenommen, und die jüdische Gemeinde that rein gar nichts für die Ausbildung der heranwachsenden Jugend. Die Strenggläubigen freilich bemerkten den Einfluß der Schule mit großem Mißvergnügen und suchten ihr nach Kräften Abbruch zu thun. Gerade als Händeß dort thätig war, hatte ein fremder jüdischer Reiseprediger mit einer scharfen Streitpredigt wider die Missionare die Gemüter heftig erregt. Der „Judenvorsteher" Jakobi ließ die Eltern der Missionsschüler zu sich kommen und bedrohte sie mit dem Bann, falls sie ihre Kinder nicht augenblicklich aus der Schule nähmen, sie zugleich bedeutend, daß Se. Majestät der König die Bekehrung der Juden ebensowenig wie die Missionsschulen wünsche und darum jeden Ungehorsamen zugleich mit Entziehung der bürgerlichen Rechte strafen werde. Händeß suchte den Grimmigen selbst in seinem Hause auf, und obwohl dieser sich völlig unwissend stellte und aalglatt zu entschlüpfen suchte, mußte er sich doch von dem über die lügenhafte Hereinziehung der Person des Königs in den Streit mit Recht erbitterten Missionar gründlich die Wahrheit sagen lassen. Zunächst schien nun freilich der Bestand der Schule bedroht: die meisten Eltern nahmen ihre Kinder fort. Allein die Aufregung legte sich bald, die Kinder fanden sich wieder ein und der Unterricht konnte von neuem begonnen werden.

Andre Ursachen haben dann später doch der Schule ein Ende bereitet. Die Zeiten änderten sich, Staat und Gemeinden sorgten besser für den Unterricht auch der jüdischen Kinder. Damit war den Missionsschulen das Todesurteil gesprochen. Man wird das nicht einmal bedauern können. Denn ihr Nutzen, sofern man dabei an die Gewinnung der Seelen für den Herrn Christum denkt, bleibt immer ein zweifelhafter. Was sie an religiöser Erkenntnis in die Herzen der Kinder pflanzen, wird daheim von Eltern und Verwandten, von der jüdischen Umgebung doch wieder ausgerissen. Denn der Einfluß des Hauses ist allemal stärker als der der Schule. Und wenn auch das nicht, so wird doch frühzeitig bereits ein Zwiespalt in die Herzen der Jugend getragen: der Lehrer erklärt diesen Glauben für den rechten, die Eltern jenen. Wem soll man glauben? Das Ende ist nicht selten, daß das Interesse nach beiden Seiten hin erkaltet und jeder Glaube über Bord geworfen wird. Noch unlängst saß ich mit einem früheren Zögling einer trefflich geleiteten Missionsschule bis in die Nacht hinein im Gespräch beisammen. Da fand ich bei meinem Gegenüber weder jüdischen noch christlichen Glauben. Obwohl äußerlich zur jüdischen Gemeinde gehörig, lächelte er mir doch über jüdische Frömmigkeit, und über die Person des Herrn Jesus entwickelte er so lästerliche Anschauungen, daß mir das Herz blutete. Man darf von dem einen ja nicht auf alle schließen, es mag auch mancher Segen von solchen Schulen ausgehn; allein es fragt sich, ob er so groß ist, daß man die angeführten Bedenken leicht nehmen darf, und ob man die darauf verwendeten Kosten nicht besser zu etwas Anderm verwendet.

Wir berühren das, weil auch der Einblick, den uns Händeß' Tagebücher in die Arbeit der Danziger Schule gewähren, unsre Bemerkungen durchaus bestätigt. Es muß doch ein seltsamer Unterricht gewesen sein, wenn uns da u. a. erzählt wird: „Am 15. begann ich elf Uhr wieder den Unterricht. Die Kinder bezeigten mir ihre Teilnahme hinsichtlich meiner Krankheit und machten mir heute viel Freude durch ihre Aufmerksamkeit und ihren Eifer. Interessant war mir es, als ich fragte, durch welche geschichtlichen Begebenheiten das galiläische Meer merkwürdig wäre (wir hatten nämlich heute die Geographie von Palästina), die Kinder wetteifern zusehen in Erzählung der neutestamentlichen Geschichten, die sich hier zutrugen. Sie waren freilich gewohnt, immer nur den Messias zu nennen, von dem dies alles geschehen sei, aber sie erzählten doch Jesu Thaten. Da ich nun fragte, wer der Messias sei, schwiegen alle. Nur ein kleines Mädchen wagte schüchtern und halb laut zu sagen: ‚Jesus.' Da eins der Kinder darüber lächelte und dem nächsten Nachbar ins Ohr flüsterte: ‚Er ist ja noch nicht gekommen,' so fragte ich, ob wohl von einem noch nicht gekommenen Messias schon eine Geschichte dessen, was er gethan auf Erden, vorhanden sein könnte. Die andern Kinder lachten dieses Mädchen aus und sagten: ‚Nein, er muß schon gekommen sein; denn wir wissen ja schon vieles von ihm.' Ich sagte den Kindern darauf, daß sie von der bereits erfolgten Erscheinung des Messias noch festere Überzeugung haben würden, wenn sie erst mit ihm in den Gebetsumgang träten und sich seine Segnungen erflehten, die er, der liebevollste Kinderfreund, seinen Lieblingen, den Kindern, so gern erteile. Der kleine Wolf zeigte durch satirische Miene, daß er der Sache nicht traue; er wurde sogar ungeduldig und störte durch Anstoßen seinen Nachbarn. Ich setzte ihn darüber zur Rede; er wurde beschämt. Denn in dem Augenblick überfiel ihn ein heftiger

Kopfschmerz, so daß er mich um Erlaubnis bat, einige Zeit hinauszugehn zu dürfen. Er erhielt sie mit einer Rüge seines Betragens gegen Gott und seinen Gesalbten aus Psalm 2. Der Knabe weinte bitterlich und versprach mir Besserung und zwar so entschieden, daß er versicherte, es solle nie wieder so etwas vorkommen." — Wieder an andrer Stelle heißt es, daß die Kinder aus seinen Darlegungen eine Polemik heraus hörten und „verlegen still schwiegen, weil sie, überrascht und getroffen von der Wahrheit, ihr, ohne sich vor sich selbst lächerlich zu machen, nicht widersprechen und ihre vorgefaßten irrigen Ansichten, die ihnen durch die Autorität der Eltern heilig waren, ebenso wenig gern fahren lassen wollten." Einmal gesteht er sogar, daß seine Schüler ihn des öfteren fragten, wie denn das vierte Gebot dabei bestehen könne, wenn sie anders glauben sollten, als ihre Eltern, und daß er sie dann auf das Wort verwiesen habe: „Man muß Gott mehr gehorchen denn den Menschen," dies an dem Verhältnis des Jonathan zu seinem Vater Saul erläuternd. Wir trauen unserm Händeß wohl zu, daß er den heiklen Gegenstand mit großer Vorsicht und feinem Takt, ohne dem kindlichen Gemüt zu schaden, behandelt hat; aber einen peinlichen Eindruck lassen solche Vorgänge doch immer zurück. — Im übrigen wußte der treue Mann sich auch hier die Liebe der Kleinen zu erwerben; sie hingen an ihm mit ganzer Seele und sträubten sich, wenn die Eltern sie aus der Schule fortnehmen wollten. Manch rührender Zug, da und dort in seinen Berichten verstreut, zeugt von dem segensvollen Einfluß, den er auf sie ausübte, und manch Vater- und Mutterherz dankte ihm doch für das, was er an den Kindern gethan. „Bei Ihnen," sagte eine Mutter, die Gleichgültigkeit der jüdischen Gemeinde gegen die Erziehung der Jugend tadelnd, „lernen sie doch wenigstens Gottes Wort und Gottesfurcht."

Die Arbeit an der Schule öffnete Händeß zugleich auch die Häuser und Herzen der Eltern. Es war ein reger, nicht unfruchtbarer Verkehr, den er bald mit ganzen Familien, bald mit einzelnen Gliedern derselben unterhielt. Mit Recht durfte

er Gott danken, daß er ihm von neuem ein gesegnetes Arbeits=
feld geschenkt hatte. Ein Beispiel nur sei noch für diese seine
Wirksamkeit angeführt: „Am 21. vormittags brachte mir ein
jüdischer Jüngling einen Jahrgang der Barmer Missions=
blätter wieder zurück und bat um ein neues Heft. Er ver=
sicherte, daß er's des Abends vorlesen wolle, wie er's bisher
gethan. Nachmittags ging ich zu den Eltern dieses Jünglings.
Hier fand ich den alten Hausvater und die Hausmutter, eine
alte Großmutter und noch eine bejahrte Frau ruhig sitzend,
während ein Knabe der Familie, einer unserer Schüler, ganz
pathetisch das Barmer Missionsblatt vorlas. Daneben lag
auf dem Tische das jüdisch=deutsche Neue Testament. Auch
der Jüngling stand als Zuhörer am Ofen. Mein Eintritt
in das Zimmer hatte eine Störung veranlaßt, und ich bat
daher um Entschuldigung. Allein der Alte sagte: „Lesen
können wir auch, wenn Sie nicht bei uns sind. Da Sie
uns aber mit Ihrem Besuch erfreuen, wollen wir uns lieber
mit Ihnen unterhalten." Ich ergriff daher die Gelegenheit,
ausgehend von dem Werke Gottes unter den Heiden, Jesaja 60
als die Stimme Gottes an Israel ihnen ans Herz zu legen.
Dabei stellte ich ihnen mit allem Nachdruck das ganze Er=
lösungswerk offen dar und forderte auf, den Tag des Heils
nicht zu versäumen. Man hörte mit gespannter Aufmerksam=
keit und sichtbarem Interesse die Heilsbotschaft an."

Lange vielleicht noch hätte unser Händeß mit Segen unter
Israel gewirkt. Allein sein Gott hatte es anders mit ihm
beschlossen. Er nahm ihn jetzt in seine Kreuzesschule, durch's
Feuer der Trübsal ihn zu vollenden und zu heiligen für's
Himmelreich. Manch liebes Jahr hatte er gearbeitet an den
Seelen anderer; nun sollte ein Höherer an seiner eigenen
Seele arbeiten, ihm selbst zu gut. Gegen Weihnachten 1835
glitt Händeß auf der Straße aus und fühlte alsbald einen
stechenden Schmerz in der Spanne des rechten Fußes. Da
er jedoch weitergehen konnte, auch der Schmerz anscheinend
wieder nachließ, achtete er nicht mehr darauf. Allein schon
nach kurzer Zeit bildete sich an derselben Stelle eine härtliche

Geschwulst, die ihm das Gehen sehr erschwerte und bald ganz unmöglich machte. Die Ärzte wußten zunächst nichts damit anzufangen, und als man endlich die Natur des Übels erkannte, war es schon zu spät. Es hatte sich der sogenannte Blutschwamm gebildet, ein krebsartiges Leiden, das ihn langsam dem Tode entgegenführte. Drei Jahre nahezu mußte er noch unter bittern Schmerzen, Nöten und Sorgen hinbringen, bis sein Gott ihn endlich zu sich nahm. Was seine Lage besonders schwierig machte, war, daß er so ganz vereinsamt dastand und keine Seele hatte, die sich mit voller Hingabe seiner annahm. Oft wohl hatte er sich schon früher nach einer Lebensgefährtin gesehnt. Aber seine Armut, wie er betonte, hinderte ihn sich zu verehelichen. Er hätte sich wohl verbessern können, wenn er sich ins Pfarramt zurückgezogen hätte. Allein die Mission unter Israel lag ihm zu sehr am Herzen. Das war seine Braut, davon mochte er nicht lassen. So mußte er nun die pflegende Hand recht schmerzlich entbehren. Nur eine Proselytin, dieselbe, der er in Samoczyn gleichen Liebesdienst erwiesen und die ihn in Danzig wieder aufgesucht hatte, kümmerte sich liebevoll um ihn. „Dorothea kam gerade wie von Gott gesendet, als fast meine ganze Bettwäsche zerrissen und vom Schweiß zu modern begann unter meinem Leibe, und wandte ihre in B. erworbene Geschicklichkeit im Nähen und Schneidern an, mir helfende Hand zu leisten, sodaß ich in kurzer Zeit wieder ein trockenes Lager und freundliche Handreichung jeder Art, deren ich so sehr bedurfte, hatte." Allein schon um ihres beiderseitigen Rufes willen mußte die Treue ihn bald wieder verlassen. Die Teilnahme und die öfteren Besuche christlicher Freunde konnten ihre hilfreiche Hand leider nicht ersetzen.

Lange Wochen und Monate vergingen dem armen Kranken, und allmählich mußte er jede Hoffnung auf Besserung aufgeben. Aber er beugte sich still unter Gottes Hand. „Er leitet mich", so schreibt er von seinem Krankenlager, „nach seinem Rat. Zwar es ist wahr, wenn die Trübsal da ist, dann dünket sie uns nicht Freude zu sein, sondern Schmerz, der unserm Fleisch und Blut unerträglich erscheint. Ein Blick aber auf unser Sündenelend sagt uns, daß der Herr gerecht ist in allen seinen Wegen und heilig in allen seinen Werken, und es ziemet uns, uns zu beugen unter die gewaltige Hand Gottes. So schwer das nun auch zuweilen meinem verkehrten Herzen fällt, so siegt dennoch die Gnade über den natürlichen Trotz oder die Verzagtheit des Herzens und treibt ins Gebet." Und in einem anderen Briefe heißt es: „Diese Krankheit hat mich recht in der Geduld geübt und meinen Glauben, der oft wanken wollte, in etwas durchs Feuer der Trübsal geläutert. Da sind mir so manche Tiefen des argen Herzens aufgedeckt worden und so manche Unlauterkeiten offenbar geworden, die in der Tiefe noch wurzelten." So konnte er seinem Gott noch danken für alles Leid und auch in Schmerzen noch fröhlich sein, wie denn ein Gutachten der ihn behandelnden Ärzte, das noch vorhanden ist, mit einer gewissen Verwunderung seinen „aufgeweckten Humor und seine Standhaftigkeit" zu rühmen weiß. Und wie er selbst im Herrn seine Stärke fand, so konnte er ihn auch den ihn besuchenden Israeliten — und es waren nicht wenige, die zu ihm kamen — preisen als den wahrhaften Arzt Leibes und der Seele, ein Zeugnis, das, unter solchen Verhältnissen abgelegt, seines Eindruckes nicht verfehlen konnte.

Er blieb ein Zeuge seines Heilandes bis zum letzten Augenblick. Im Oktober 1837 führte man ihn auf seinen Wunsch nach Berlin über. Dort wurde ihm im März 1838 in der Charitee der Fuß amputiert. Es schien, als ob damit endlich eine Besserung in seinem Allgemeinbefinden eintreten sollte. Einige Zeit brachte er noch in Privatpflege zu. Das Komitee seiner Gesellschaft, das schon bislang fast über seine Kräfte für ihn gesorgt hatte, that alles, sich den treuen Diener zu erhalten. Auf seinen Antrag ließ man ihn zu seinem Bruder nach Sachsa bei Nordhausen reisen, wo er durch den Gebrauch einer Frühlingskur völlige Genesung zu erlangen hoffte. Allein es zeigte sich bald, daß seine Hoffnung vergeblich war. Die Wassersucht trat zu seinem Leiden hinzu und ebenso ein anhaltender, krampfhafter Husten, der ihn Tag und Nacht quälte. So mußte er noch ein sehr schmerzhaftes Krankenlager erdulden, bis er endlich am 14. September 1838, von allen Qualen und Leiden erlöst, zur ewigen Ruhe einging. „Die Gesellschaft verlor durch seinen Tod einen Missionar, welchem für seinen Beruf ganz besondere Gaben verliehen worden waren, und welcher mit anhaltendem Eifer und hingebender Treue beinahe 15 Jahre lang unter Israel gearbeitet hatte. Er hatte durch sein liebevolles Wesen fast überall die Herzen der Juden gewonnen und von ihnen so auffallende Beweise des Vertrauens und der Liebe erhalten, wie sie wohl nicht wieder einem Christen, und zumal einem Missionar, zu teil geworden sind. Man sah und fühlte es ihm eben ab, wie ihn eine brennende Liebe zu Israel durchdrang und erfüllte, und so zog er die Herzen unwiderstehlich an sich. Was er gewirkt hat, wird am großen Tage der Herrlichkeit offenbar werden. Doch schon hier haben viele Erfahrungen bewiesen, daß seine Arbeit nicht vergeblich gewesen ist. Sein Name wird in der Geschichte der Berliner Gesellschaft und in den Herzen aller wahren Freunde Israels gewiß in dankbarem Gedächtnis und in Segen bleiben." Die Lehrer aber werden leuchten wie des Himmels Glanz, und die, so viele zur Gerechtigkeit weisen, wie die Sterne immer und ewiglich.

Zwei Lieder von Händeß.

I.

Hingerafft von Racheflammen
Sank, Herr, dein Heiligtum zusammen
Vor deines Richterfluches Glut.
Trunken von dem Blut der Sünder,
Die über sich und ihre Kinder
Zum Fluche riefen Jesu Blut,
Fraß, Gott, dein Racheschwert
Das Volk, das sich empört

Wider deinen
Erlösungsplan.
Sieh, Schmerzensmann,
Mitleidig jetzt ihr Elend an.

 Schau nun, Herr, erbarmend nieder
Auf Israel und baue wieder
Die Trümmer deines Heiligtums.
Längst verstummte dort der Reigen,
Der Braut, des Bräut'gams Stimme schweigen,
Wo Psalter tönten deines Ruhms.
Die Milch- und Honigflur
Ächzt von des Bannfluchs Spur,
Herr, wie lange
Währt dein Grimm noch?
Erbarm' dich doch,
Lös deines Volkes Sklavenjoch.

 Sammle unter deine Flügel
Dein Zion dir am Kreuzeshügel
Und schirme es mit Huld und Treu'.
Nimm von Israel die Decke,
Daß es vor seiner Schuld erschrecke
Und reuig seinen Bund erneu'
Durch deine Kreuzespein,
Von Sünden los und rein
Durch den Glauben.
Vor Fluch und Bann
Schütz ewig dann
Dir Volk und Stadt, du Schmerzensmann.

II.
 Behalt zum Samen, Herr, die Deinen,
Des blut'gen Schweißes Schmerzensfrucht,
Die du mit Angstgeschrei und Weinen
Dir auf Gethsemane gesucht,
Da du in Todespein gehüllet,
Um die verlornen Sünder warbst
Und ihren Fluch am Kreuz gestillet,
Wo du für sie zum Opfer starbst.

 Nun sätt'ge dich in Lust und Freude
An deiner Saat, die du betaut
Mit deinem Arbeitsschweiß, und weide
Am Garten dich, den du gebaut.

Im Gnadenscheine deiner Liebe
Laß, Sonne der Gerechtigkeit,
Dir reifen durch des Geistes Triebe
Viel Glaubensfrucht zur Erntezeit.

Ja laß aus deinen Thränensaaten,
Du Gärtner von Gethsemane,
Des edlen Samens viel geraten,
Daß deine Pflanzung nie vergeh';
Streu ihn auf Erden immer weiter
In Adams Dornenacker aus,
Bis daß die Ernte deiner Streiter
Die Scheuern füllt im Vaterhaus.

Behalt auch mich, o Herr auf Erden
Zum Samen, der dir Früchte bringt,
Und laß das Werk vollführet werden,
Wozu uns deine Liebe dringt,
Daß du in Israel aufs neue
Die Siegesbeute dir erraffst
Und deinem Dienst dein Volk sich weihe,
Der du aus Tod das Leben schaffst.

Druckerei des Sonntagsblattes in Berlin.

Schriften des Institutum Judaicum in Berlin.

1. **Marx,** Gust., Jüdisches Fremdenrecht, antisemit. Polemik u. jüd. Apologetik. Berlin 1886, Reuther u. Reichard. (80 S.) 1 Mk.
2. **Strack,** H. L., Einleitung in den Thalmud. 2. Aufl. Leipzig 1894, J. C. Hinrichs. (9 Bogen.) 2 Mk. 50 Pf.
3. — — Joma. Der Mischnatraktat „Versöhnungstag" herausg. u. erklärt. Berlin 1888, Reuther u. Reichard. (40 S.) 80 Pf.
4. **Dalman,** Gust., Der leidende u. der sterbende Messias d. Synagoge im 1. nachchristl. Jahrtaus. 1888, das. (104 S.) 2 Mk.
5. **Strack,** H. L., 'AbodaZara. Der Mischnatraktat „Götzendienst", herausgeg. u. erklärt. 1888, das. (36 S.) 80 Pf.
6. — — PirqeAboth. „Die Sprüche der Väter", ein ethischer Mischnatrakt., herausg. u. erkl. 2. Aufl. 1888, das. (66 S.) 1 Mk. 20 Pf.
7. — — Schabbath. Der Mischnatraktat „Sabbath" herausgeg. und erklärt [Text unvokalisiert; in 3, 5, 6 vokalisiert]. Leipzig 1890, J. C. Hinrichs. (78 S.) 1 Mk. 50 Pf.
8. **Becker,** Wilh., Immanuel Tremellius. Ein Proselytenleben im Zeitalter d. Reformation. 2. Aufl. 1890, das. (60 S.) 75 Pf.
9. **de le Roi,** Joh., Die evangelische Christenheit u. die Juden unter dem Gesichtspunkte d. Mission geschichtlich betrachtet. Berlin, 1884—1892. Reuther u. Reichard. 3 Bände, (440, 356, 458 S.) 17 Mk. 50 Pf.
10. **Laible,** Heinr., Jesus Christus im Thalmud. Mit einem Anhange: Die thalmudischen Texte, mitgeteilt v. G. Dalman. 1891, das. (122 S.) 2 Mk. 40 Pf.
11. **Dalman,** Gust., Was sagt der Thalmud über Jesum? (Uncensierter Grundtext d. thalmud. Ausf.) 1891, das. (19 S.) 75 Pf.
12. — — Jüdischdeutsche Volkslieder a. Galizien u. Rußl. Berlin 1891, Ev. Vereins-Buchhandlung. (82 S.) 1 Mk. 50 Pf.
13. — — Jesaja 53, das Prophetenwort vom Sühnleiden des Heilsmittlers, mit besonderer Berücksichtigung der synagogalen Litteratur. 1891, daselbst. (60 S.) 1 Mk.
14. **Strack,** H. L., Der Blutaberglaube in der Menschheit, Blutmorde u. Blutritus. 4. neu bearbeitete Aufl. 6.—9. Tausend. München 1892, C. H. Beck. (10½ Bogen) 2 Mk.
15. — — Die Juden, dürfen sie „Verbrecher von Religions wegen" genannt werden? Berlin 1893, H. Walther. (32 S.) 40 Pf.
16. **Becker,** W., Ferd. Wilhelm Becker. Eine Heldengestalt in der Judenmission des 19. Jahrhunderts. Berlin 1893, Ev. Vereins-Buchhandlung. (72 S.) 80 Pf.
17. **Dalman,** G., Jüdische Melodieen aus Galizien u. Rußl. Zum 1. Male aufgezeichnet. Leipzig, Robolsky. 1 Mk. 20 Pf.
18. — — Kurzgefaßtes Handbuch der Mission unter Israel. Berlin 1893, Reuther u. Reichard. (144 S.) 2 Mk. 40 Pf.
19. **Saphir,** Ad., Christus u. d. Schrift. Aus dem Engl. von J. v. Lancizolle. 4. Ausg. Leipzig 1894, Hinrichs (151 S.) 1 Mk.
20. **Bieling,** Rich., Friedr. Händeß. Ein Zeuge des Herrn unter Israel. Berlin 1894, Ev. Vereins-Buchhndl. (58 S.) 75 Pf.

Evangelische Vereins-Buchhandlung, Berlin SW, Oranien-Straße 105.

Nathanael.

Zeitschrift für die Arbeit der evangelischen Kirche an Israel
herausgegeben von
Prof. D. Hermann L. Strack.
Amtlich empfohlen durch die Konsistorien von Brandenburg, Hessen-Nassau, Pommern, Posen, Sachsen, Schlesien, Westfalen.
Jährlich 6 Hefte von zusammen mindestens 12 Bogen Inhalt.
Abonnementspreis (auch bei direkter Zusendung) **1 Mk. 25 Pf.**

Die Bestellung kann erfolgen bei allen **Buchhandlungen** und bei allen **Postanstalten** (Postzeitungskatalog Nr. 3531a) Deutschlands: außerdem [dann ist der Betrag am billigsten in deutschen Postwertzeichen einzusenden] direkt bei der Evangelischen Vereins-Buchhandlung, Berlin SW., Oranienstraße 105. Wer Franko-Zustellung unter Streifband wünscht, wolle den letzterwähnten Weg wählen.

Mitarbeiter. Für die Jahrgänge 1885—1893 lieferten Beiträge u. a.: die General-Superintendenten W. Baur-Koblenz, Th. Braun-Berlin; die Professoren der Theologie Frank-Erlangen, A. Köhler-Erlangen, H. Schmidt-Breslau; Prof. F. Heman-Basel; die Missions-Geistlichen C. Axenfeld, R. Bieling, P. C. Gottheil, F. Hausig, D. Landsmann, Th. C. Meyersohn, J. de le Roi, Fr. Stolle; Missionar G. M. Löwen-Berlin; die Pastoren Prof. W. Bornemann, Lic. Gloatz, H. Josephson, Lic. Keßler, Kruska, Lic. Niemann, C. Sattler, Ulmer, Lic. Weser, A. Wiegand.

Jahrgang **1893**: Die Mission unter Israel im Jahre 1892. — Chr. W. H. Pauli. — Wider eine neue Verunglimpfung der Judenmission. — Dokumente der amerikanischen Gemeinde. — Die Schriften des Institutum Judaicum zu Berlin. — Erinnerungen aus meiner Thätigkeit in der Judenmission (F. Hausig). — Die jüdische Kolonisation von Palästina. I. Vorgeschichte. II. Ausführung. — Christliche Zeitschriften für Juden. — Eine kritische Stimme über die Judenmission.

Jahrgang **1894** wird u. a. enthalten: Gegenwärtiger Bestand der der jüd. Kolonieen in Palästina. — Aus dem Leben und Wirken des Missionars F. Händeß. — Karfreitagspredigt von Joseph Rabinowitz. — Tauflliturgie. — Taufpredigt über Psalm 16, 6. — Alfred Edersheim. — Das Schächten. — Ein Tag im Leben eines gesetzestreuen Juden.

Die Rubrik „Stimmen aus der jüdischen Presse" charakterisiert jüdische Denkweise und jüdisches Leben durch wortgetreue Auszüge. — Die seit 1891 hinzugefügte „Missionsrundschau" bietet, soweit das ohne Schädigung nicht abgeschlossener Unternehmungen geschehen kann, die neuesten Nachrichten aus dem Gebiete der Judenmission. — Außerdem enthalten viele Hefte „Kürzere Mitteilungen" und „Bücherschau."

Das Blatt sollte in keinem Pfarrlesezirkel fehlen. Der außerordentlich billige Preis ermöglicht aber auch jedem einzelnen Geistlichen die Anschaffung dieses Blattes, dessen vollendete Jahrgänge, wenn er die Hefte aufbewahrt hat, ihm wegen des bleibenden Wertes der aufgenommenen Aufsätze noch nach langen Jahren Belehrung und Anregung gewähren können. Die Bestellung und die Fortsetzung des Abonnements werden wesentlich erleichtert, wenn der Abonnementsbetrag von mehreren oder für mehrere Jahre auf Einmal eingesendet wird.